花祭

杨伟利 著

它灵动地在她们之间穿行，在岁月的光影中晃动。疼痛和冥冥中的诡秘阴影，碰触我的脆弱。我由此萌生种种担心。哦，花朵，花朵……

长江文艺出版社

图书在版编目（CIP）数据

花祭／杨伟利著．－－武汉：长江文艺出版社，2020.9
ISBN 978-7-5702-1500-3

Ⅰ．①花… Ⅱ．①杨… Ⅲ．①散文集－中国－当代
Ⅳ．① I267

中国版本图书馆CIP数据核字（2020）第079079号

责任编辑：王成晨	责任校对：毛　娟
装帧设计：青　葵	责任印制：邱　莉　王光兴

出　版：长江出版传媒　长江文艺出版社
地　址：武汉市雄楚大街268号　　邮编：430070
发　行：长江文艺出版社
http://www.cjlap.com
印　刷：河南省悦凡印务有限公司

开本：787毫米×1092毫米　　1/16	印张：13.125　　插页：2页
版次：2020年9月第1版	2020年9月第1次印刷

字数：160千字

定价：36.00元

版权所有，盗版必究（举报电话：027—87679308　　87679310）
（图书出现印装问题，本社负责调换）

有翅膀的文字

李佩甫

1

我常常觉得，文字是有翅膀的。

小时候没有书读。寻寻觅觅找到一本书，每当忘乎所以之时，就仿佛是跟着书上的文字，一次次凌空飞翔。那些文字，带我从瓦岗塞到梁山泊，从太虚幻境的青埂山下到西天取经的漫漫长路。更有那些从未听过、更不可能到过的异乡他国……在那些有书读的幸福时刻，我懂得了，好的文字，是可以带领一个人飞翔的。

我面前是杨伟利的书稿，这位女作者的名字，与我国第一个飞向太空的航天员很接近。很坚强的一个名字，是不是？我看过她之前出版的《穿越黄昏小巷》，此作是她的又一部集子。

一个小女子，幼年离开父母，跟姥姥生活在乡下。十四岁参加工作，历经复杂的职业生涯，每一步走来都是很不容易的。那是怎样的烟熏火燎、坎坷艰辛的路途呢？

可是，杨伟利的文字，却听不到呻吟。她在写作中体悟、检视过去的岁月，讲述童年岁月的孤独和温馨，讲述对离异亲人纠结的情感，讲述对周遭乡邻无法释怀的记忆。我注意到，她文章中有一个特别的词语叫"细筛"，说的是一位乡村长辈教导女孩子要"过细筛"，意指女孩子要爱惜、精致自己。我感觉，杨伟利的写作过程也像"过细筛"，她在一篇篇文章中淘洗着日子的泥沙，留下了生活的云母、贝壳、片光吉羽。这样的文字，让杨伟利从具象的、琐碎的、泥沙俱下的生活中抽离出来。在文学的天空飞翔。

2

我一直认为,一个作家的语言行走方式不是文字本身,它是一种视角,与她的人生经历和世界观、思维方式紧密相连。在这个意义上说,杨伟利的文字是主观的、纯个人化的,是意识的抽身之外,仿佛是从空中俯瞰大地,就像长在时光树叶上的第三只眼睛。

这就要说到"感觉"了。有没有文学"感觉",这几乎是一个作家的先天了。通过她的文字可以看出,杨伟利的文学感觉很好。她的生命体验通过独有的文字形态表达出来,就显现出了与众不同的意蕴和个性色彩。如在《冬日阳光下的父亲》中,她开笔写道:"对父亲的记忆,像珍珠,少而又少,是一粒一粒的。"这开篇的文字是多么好啊!首先,这是过来式的,是俯视的,是对人生岁月的大穿越。可以看出,正因为短暂,才如此珍贵。正因为缺失,才是"一粒一粒的"。这里边埋藏着一个小女孩儿童年里的呼喊,埋藏着陷在日子里的怨恨与不舍,以及岁月磨损后的原宥……如在《花祭》中,杨伟利把少女的初潮用花的形状来表达:"花开了,我却毫无准备……"而后,"花"开"花"谢,由此延伸到姥姥、母亲、女儿三代女性的命运。首先这是女性独有的一种表达方式,选取的又是一种纯个性化的角度,与生命体紧密相连,时光与爱意深浸在文字的字里行间。

文字是人生的一面镜子,在时间中,杨伟利一直用文字给自我照镜子。像这样极具个性化的表述方式,可以说,在杨伟利的散文里比比皆是。如《焦渴的午后以及夜晚》,以蝈蝈的死亡喻人生的"心狱";如《水事》以干旱的水库暗喻精神的"干涸"……

3

散文是以情动人的。

在杨伟利的文字里,我读到了两个字:"呼唤"。

带着丝丝缕缕的忧伤，她的"呼唤"是女性特有的，诗化的，充满爱意的，她呼唤的是人类的善意和真情。

在下雪的日子里，她以"酒"呼唤；在西去的列车上，她以一个小姑娘温柔的眼神呼唤；在姥姥的小院里，她以"树"的思念在呼唤；在父亲出走的日子里，她以猜"圆"猜"方"来呼唤……杨伟利的文字里弥漫着淡淡的忧伤和诗意。在她的文字里，情感演变为一种低声呼唤，她在呼唤亲情，同时也在唤醒自己。无论是姥姥小院里的一棵树，还是大西北的黄土地、火车上的小女孩，一花一草一情一景都能激发出她内心对爱意和亲情的渴望，这渴望久藏在她内心深处，在写作中得到宣泄。也可以说，她的写作是一次次"疗伤"和"治愈"的过程。

杨伟利乘着自己的文字起飞，这就像一个"我"在高空俯视另一个"我"。她的表达，是现代女性个性化的表达。女性意识在杨伟利的文字中显得极为鲜明。特别让人惊讶的是，从中原腹地深处走出来的杨伟利，作品呈现出一种与众不同的现代意识，或者也可以称之为"第三只眼睛"。这里面有叛逆也有超越，有呼唤也有检索，有回溯也有忏释，有具象细节也有抽象的人生思考。比如，她能嗅到阳光里的"霉味"；比如，她能听到"露珠"在尖叫；比如，她会给"发卡"做一次"祭祀"；比如，她会留意遗忘在抽屉里的一张便笺……这一枝一叶，在《胭脂黄昏》《西北札记》《能饮一杯无》《在外婆膝下的日子》《风景区里的小村庄》《白事》《大杂院儿里的艺术人生》中都有精彩独到的描写。

杨伟利的文字是长出了翅膀的文字，虽然这翅膀的羽翼还不够宽广。她凭借文学，为自己开启了一条人生航线。文学的翅膀引领她挣脱了具象生活的羁绊，在干渴的生活沙漠里找到了精神上的慰藉。当然，对一个作家而言，杨伟利未来还有很远的路要走。写下这些文字，是期望她越走越好，以她独有的女性视角起飞，在更广阔的世界中翱翔。

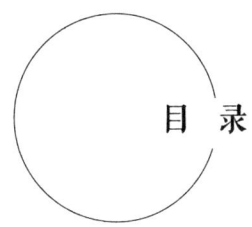

目 录

花　祭　001
黄昏的歌唱　013
焦渴的午后及夜晚　018
黄昏的杀戮　027
水　事　031
能饮一杯无　037
庸　常　043
冬日阳光下的父亲　048
在外婆膝下的日子　054
但愿人长久　065
白　事　069
那一年我十三岁　075
胭脂黄昏　080
白雪蝴蝶　084
海棠满园　089
大杂院儿里的艺术人生　095

108　染　坊
113　风景里的小村庄
118　家乡的端午节
122　优雅的刑具
128　千丝万缕说女人
137　阳光照耀我们
140　读《两岸书》
145　旅途小札（一）
154　旅途小札（二）
169　旅途小札（三）

178　后　记

附　录

183　诚则明矣，明则诚矣　　杨稼生
190　用生命感动，用才情写作　　元平英
196　诠释女人的美丽与神秘　　戴月芳

花 祭

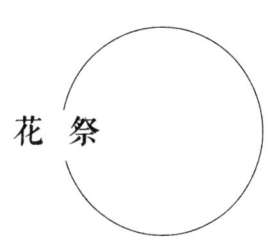

十四岁那年,盛夏。

暑天的高温蒸发了我身上残存的淘气,我安静地午睡。那时住外婆家,一座古朴的青砖灰瓦小院。我淡蓝色的床单清洁素雅,散发着淡淡的霉味儿,是那座瓦屋的体香。像外婆温暖的手掌,嗅到它,就感觉幸福安全。白色的枕套上绣着几片竹叶,摇曳出一片清凉。那天,梦境中我又看到了那只红色的精灵,灵动含蓄地在光影中穿越,靠近我。

这只精灵仿佛与生俱来,时常在我的梦里穿行。它鲜红,灵动,时而清楚,时而朦胧,忽远忽近。有时随着它的出现还会有一句莫名的旁白,像上帝的声音:那是人。

我不解其意。

我,被一股热流惊醒。

一股鲜红的液体快速穿过我单薄的夏衣,在那条素洁的淡蓝色床单上洇染出一朵绚丽的花。花开了,我却毫无准备。心慌意乱,不知所措,不知该如何迎接它。它的存在,是同我的生命一同降生的私密预言,我知道有一天它会到来。但我依然惊慌失措。它迅速映红了我的面颊,让我一阵恐惧。

少女,干净,无色,如一张素白的纸。但梦想斑斓。微痛与色彩的到来,是礼物,略带惊喜。

窗外的知了响起了合唱,令人不安的贺礼。

我不知道怎样来安置这朵花。任它的点点滴滴花瓣般飘落在我的衣裙上,然后,把它捧于掌心,近于圣物,反反复复地搓洗。然后故意将洗过的衣裙挂在院子中央,希望外婆能发现我换衣服的频率，然后问我为什么。我真的不知道该怎么开口告诉她，告诉她我的惊喜与恐惧吗？告诉她我曾羡慕过邻居姐姐每个周期里那种诡秘的笑容、互递的隐语吗？告诉她我心底那一点偷偷的骄傲吗？其实我的唇边藏着一句女孩儿们交流秘密的隐语：那个来了。但是，初到的羞怯，难以启齿。

当我再一次将那件白色的裙子浸入水中，当那些花瓣胭脂般地在水中漫漫洇开的时候，外婆终于发现了。

她神色郑重地问：那个来了？

我看着外婆，眼睛中瞬间汪满泪水。

那个来了……尚未出口，我哇的一声哭了。

外婆说，这孩子，成人了。

因为一朵花的开放，外婆说我成人了。

姥爷正摇着蒲扇，坐在堂屋的八仙桌旁续写家谱。这是姥爷每年夏天必做的大事。他说家业到他这辈人没了，但是家谱不能断。他手里的毛笔杆被磨得油光闪亮，与老花镜的铜边相映生辉。家谱上没有我的名字，甚至没有母亲的名字。姥爷为此没少叹气。但是——外婆说，母亲进入了另一个族谱。她说女人成了人，就有另外一个身份，会做母亲。做了母亲，就能堂而皇之进入一个家族的谱系里。外婆说，那个来了，你就注定会做母亲，也会归入另一个族谱。

外婆教我如何安置这朵花。一包粉红色的卫生纸掖进我雪白的枕下。那包卫生纸半透明的包装纸上印着一朵含苞未放的荷花，从包装到内装纸质都极为精细，贴近女孩品性。在那个年代，这是一种近于奢侈的安置，这种安置不仅接纳了花朵，也容装了我的情绪，消除种种恐惧。因为在一个黄昏，我曾亲眼看见过一个中年女人用粗糙的草纸护卫自己，花朵在那些黑黄色的粗糙草纸上变成令人恶心的污血。当那女人从胯下抽出那卷污渍斑斑的草纸毫无表情地扔进臭烘烘的粪池里的时候，她便瞬间失去了女人的色泽，现出男人般的粗鲁和不堪的丑态。也就在那一刻，我的心灵完成一种成长，开始对她产生了女人之间微妙的怜悯。她是我的邻居，已人至中年，儿女成群，上有生病在床的父母，下有嗷嗷待哺的儿女，她没有精力关怀自己。物质贫乏，关怀缺失，女人的花期不再芬芳。而那包充满温情的粉红色的软纸，让我的心灵、肉体平安地从那个噩梦般的女人的阴影里完整地逃脱。我平静下来，初到的花儿，变得温存，贴心，如一个心爱而温暖的伙伴。虽然带给我些许不便，但它以特有的柔嫩轻轻拱动我的内心与身体，小婴儿般牵动我的悉心呵护。

　　午后，外婆一把扯下我挂在太阳底下的内衣，然后郑重地命令我必须把它挂到门后风干，或是拿到露天厕所去晒。然后喋喋不休地述说关于女人的内衣的种种忌讳，白天见不得人，夜晚见不得天。她说曾经有个小媳妇把红肚兜挂在院子里，公公婆婆小叔子和院子里来来往往的人都看见了，夜晚她穿上肚兜就变成了一个妖精。那妖精像个野人——裸露胳膊大腿，眼睛放着光，腰肢扭动得让男人丢魂。后来老天爷降火把她烧死了。还有个女人趁天黑，把洗好的内裤挂到院子里，结果被妖孽栖身，第二年就怀孕生了妖精。另外一个女人误将内衣搭在男人的衣服上面，男人出门便遭遇了不幸。诡异的故事让我觉得冷，腹部隐隐作痛。美丽的生命之花原来会这么轻而易举地招惹鬼魅，酿造不祥。然而，内衣与我的身体紧紧相贴，如同一体，实在不情愿将内衣挂到厕所里去。而那个倾倒污秽之物的露天厕所里，苍蝇乱飞，臭气熏天，怎么能作它的栖身之处？我一把将湿漉漉的衣服捂进怀里，我情愿用我的体温烘干它。

　　它首度给我带来尴尬是它的色泽和花一般的形状——课堂上，它抗议我的不周与潦草，毫无顾忌地穿透我的两层内衣，在土黄色的裤子上开出花朵，一片殷红。我并不知晓，带着它起身交作业。当我伸长胳膊伸展腰肢尽量拉长身体，把作业本放在与我隔着一排课桌的组长的面前的时候，我身边一抹目光让我突然意识到出了问题——我同排的一个调皮的男生漫不经心的目光，突然从我的身上迅速移开，紧皱眉头看了我一眼，别过脸去，神情仿佛触了电。我的脸唰地红了，立刻明白是什么让这个调皮的男生有了如此腼腆羞怯的神态。我立刻坐下，唯一的补救办法是坐下，借助这条裂痕斑斑的板凳遮羞。我一直把自己紧紧贴在板凳上，直到教室空无一人。回家的时候，天上挂满了星星，但回家的路还是很黑，星光用作照明并不理想。黑暗中我依然下意识地将那个绿色的帆布书包紧紧地贴在屁股上，遮住那朵不该外露的花。其实书包上的红色励志字句的字体面积远远超过那朵小小的花朵，但那个书包我可以天天背着，那红色的狂草字体可以毫无顾忌地与我的身体一起穿越大街小巷，面对各种各样的行人，面对所有的老师和同学。但同为红色，这么一朵小小的花，却让我难堪、胆怯、羞愧难当。它与女孩子的身体有关。曾经看到过这样一句话：女孩，只因你是女孩，切忌回头看人，女孩的目光是金。何止是目光，女孩的身体以及与女孩身体有关的一切东西，都珍贵如金，都应该深藏。女孩的目光里只盛装了易于飘飞的性情灵气，身体却是一个血肉宇宙，包含着太多的秘密。它内藏着精灵一样的花朵，柔韧的温床和生命色泽，人类繁衍生息的条件、滋养物质和通道。她的丰富与神圣，注定她的私密性质，只能秘密地呵护和供养，不可外露给谁。那天回家的路上，泪水在脸上几乎结冰，内心充满自责与委屈。我急切地想见到外婆，想扑进外婆怀里痛哭一场。外婆说得对，它白天见不得人，夜晚见不得天。黑暗中，我一直将书包捂在屁股上，任凭双手冻得麻木。

那次小小的灾难（我一直认为那是一次灾难），同排男生有意配合我保守了秘密。我确认他当时看到了那朵花，那朵殷红、面积不大但醒目的花，他没有调皮地张扬，没有讥讽嘲笑，而是以含蓄的回避守护了它并提醒了我。这一点默契，使我一直混沌不清的性别意识开始苏醒。我意识到那种默契完全是异性之间关于性别生理问题的一次心照不宣的交流，主题大胆，认识一致，交流和谐。这次交流完成了一种启蒙，使我对他充满感激。在成长岁月里，这种感激渐渐成为怀念。与情爱无关，与性无关，与繁衍生息无关，仅仅是纯洁而温暖的怀念。

身体是花的摇篮。我奉献身体的所有养分甚至喜怒哀乐，供养花儿的色泽及水分。但是，少女单薄的身体，使它的摇篮过于简陋。这朵花并不按照上帝赋予的周期准时开放，它的来去过于随意，飘散开去半年未归。我开始操心生理问题，关注身体波动，微微的腹痛，便让我忐忑不安。

终于，时隔半年，它来了。同时伴着疼痛。疼痛，与花朵的绚丽并行。为此，我多次逃学。老师的目光与老中医的慈祥反差很大。大风天，腹部像是压了千斤重的巨冰，无法抵御的寒冷和无以形容的钝痛使我难以忍受。我用书包护着卫生小腹，艰难地从冰冷的教室逃脱，穿越马路，穿越狭窄的小胡同，挣扎着回到家里。温暖的家，也因疼痛变得冰冷，被褥也冰冷，同样冰冷的手足无处存放。巨大的冰源来自我的体内。明明是热血流淌，却感觉不到温度。

哭。我以最脆弱最无奈的方式安抚种种不适。

后来因为逃学，老师又问不出原因，她狠狠地批评我，甚至还举起教鞭敲我的头。敲得很轻，我却满是委屈。

痛经。面对老中医的慈祥眼神，我羞怯地记住了这个略带羞耻的词汇。但是这两个字与那朵花又有着无限准确的气息关联，诡异而隐秘，易于暗藏，神会，却不能表述。羞耻感让我显得木讷而愚笨。老中医仙风道骨，面带微笑，一副慈眉善目的长者神态。他说青春期的女孩子，痛经很正常，将来结了婚就会自愈。他并未开药方，而是告诉我几剂偏方，大多是生姜、红糖、山楂、大枣之类的简单组合，我一一试用。服药，对我来说是件极痛苦的事情。而学会如此认真、主动地服药，只是为了承认并屈从于我的性别。而性别，必须承认并屈从于这朵花。它像一枚小小的勋章，注明女人的品牌，并因此为女人带来种种痛苦、神秘的荣耀和绚丽标志。而结婚与痛经的关系，除了解救，还有更多未知的纠缠，陷阱重重。我的一个本家嫂子，因为多年不生育，常年四处求医，她说她吃过的草药是论筐计算的，她喝下的苦水可以装满门前的河。但是，她的病始终没好——没有生出小孩。我记忆最深的是婆婆对她的辱骂和丈夫的暴打，她身上伤痕累累，脸上从未露出过笑容。后来，人们传说她是因年少时候服药过量导致过早绝经。花落了，女人无果，便只能屈从于暴力，认命。她从不向人诉说委屈，长年穿长袖衣衫，以便遮盖丈夫施暴时留在她身上的伤痕。伤与痛，她只一个人悄悄消化。这种消化形式使她有一种充满忧伤的美丽。她的婆婆七十岁的时候得了子宫癌，流血不止。子宫癌在我们的方言中叫"倒开花"。这个名字倒是更直白更接近生理真相，更贴近于女人的花期花汛，花开花落，明了地承认了花之定义。很少有词汇确认女人的生命之花，包括正统的学术语言、方言以及隐语。最终却在这种不堪的病症上使用了"花"这个正确的称呼，还原它的原貌，而且还有一种童谣般的纯洁透明、诗意和飘洒。它源于人道，是对身患绝症的女人的一种慷慨，对女人之花的最后安慰，含蓄地体现绝望。病床上的婆婆在痛苦的呻吟中不停地忏悔，她断断续续地述说她一生对媳妇的种种虐待，她自称报应。而她的媳妇，那个生命花朵过早凋零的女人，依然没有一丝怨言，静静地服侍她到临终。媳妇的安静与婆婆临终时苍白的面色，都毫无色彩可言。生命花朵偏离了时节，或早或晚，都是悲叹。我还目睹了另一种枯萎。那个女孩，与我住在同一条小街上。她留超短发型，穿牛仔裤、夹克衫。她抽烟很猛，一副酷男人的潇洒模样。她的女子性别得到确认,是因为她去女厕所,而且有女人亲眼看见她垫卫生纸。她变了形状的外壳无法改变她身为女人的生理特质,她的强壮好像让她的周期更加规律。她会当众狠狠扔掉手中的烟蒂,痛骂"他妈的又来了"。恶毒的语气证明了生命之花在她身上已完全成为罪过与多余的赘物,没有色泽,不再娇嫩,只能让她痛恨。旁观者,也为之焦虑。女人们窃窃私语,说她迁怒于花开圣地,残酷地折磨自己的肉体。这个女孩很容易让人想起荒漠,想起毫无风景可言的不毛之地,想起怪异恐怖的魔鬼城池,同时也会对那些妖精女人顿生遐想。妖,远比魔鬼可爱。后来,有人发现她总是纠缠一个杨柳细腰的俊俏女孩,那个女孩晾晒的绣花内衣屡被她偷去。再后来她们同居。不知道她在接受女孩的时候,是否也接受女孩的生命之花。女人们最关心这个话题。但无论她接受与否,都不会改变她女性的身体本质,上帝赐给她的生命精华永远是一枚卵子,她无法使另一朵花受精,孕育。即使有爱情也不能。花,因为变异而空洞,如同美丽藤蔓上的一朵谎花,终将随风飘落。这些零落的花朵让我梦中的红精灵时常出现,而且带着那句我永远不解的旁白——那是人。它灵动地在她们之间穿行,在岁月的光影中晃动。疼痛和冥冥中的诡秘阴影,碰触我的脆弱。我由此萌生种种担心。哦,花朵,花朵。

  火红的嫁衣让我的梦中铺满了花。

  外婆说,花,预示女儿。

  女儿来自一个梦。而且,她如实地将那个梦带进了我的生命。梦,诞生女儿。女儿,染梦。

  新婚不久的一个黎明,我从男人彻夜缭绕的气息中,轻轻地逃脱。我逃进了一片森林,清晰地与一株花相遇。那株花,长着剑麻一样的叶子,花剑上开着硕大的紫色花朵,健康,坚毅,挺拔,有着无法形容的个性。我惊喜,也蒙昧,感觉亲近却并不知道她已属于我，只痴痴地守护。天将亮，世界即将被蒸发，我该如何守护？于是，急切中我恳求一位从天而降的长者，求他告诉我，这株花叫什么名字？

翠竹君子兰。长者回答。

可否移植？

我的问话久久地缭绕。长者并不回答，微微一笑，飘然而去。长者大智，我的问话本无须回答。梦中相遇之时，她已经长进我的血肉。从那晚开始，我将用十个月的时间，奉献生命之花的全部汁液和色泽滋养她，孕育她，然后用剧痛和鲜血为代价，迎接她到人世间，来做我的女儿。翠竹，君子兰，这合二为一的花，开始在我腹中成长。同时，也给了我一种解救，幸福的胎动替代了痛经的折磨。结了婚就好了——我想起了老中医的预言，顿时明白，老中医含蓄了！其实有更确切的原因，是孕育过程，女人最伟大的使命。因为伟大，上帝为我解除疼痛，给予恩赐。

1992年春天，女儿，带着翠竹、君子兰的全部品质，诞生在我的怀抱里。她哭声嘹亮，身体健康，以及在她成长的岁月里，聪慧善良，开朗坚毅，稳重大气，不娇不媚，深层次证明了那个黎明我们的相遇千真万确。

1997年，妈妈批评我，我再也不要零食了……

1999年的夏至，阳光在这儿……

2001年，妈妈忘记过冬至了……

女儿如梦。女儿如花。牵着这个小小的生命，走过温暖健康的季节。我的腹痛早已痊愈，我用健康的身板履行母爱，源源不断，点点滴滴，涌时如潮，细时如丝……女儿用稚嫩的笔画在家里的门板上刻下了关于阳光和妈妈的记录。2001年，我忘记过冬至了吗？

后来，女儿把记录写进了笔记本，还有一把心形的锁。

女儿锁起了心事。

女儿的身高超过了我。

女儿开始穿时装，鲜艳如蝶。

女儿……

女儿19岁的时候，我白发初生。我体内的色素与血液已不够滋养自己，花期渐退。女儿陪我再次光临中医诊所。

祖传中医。那块书写着"祖传中医"的木匾，还悬在门头之上，但老漆脱落，色调斑驳，字迹依稀不见。但它直观地证明了传承。它给我一种信任。至少向我证明这位年轻的中医与当年那位慈祥的老中医有着可靠的关联：医术，精神，品质，德性，甚至还有当年老中医脸上慈祥的微笑。这种可靠的关联让我放心，让我踏实，更让我欣慰。因为当年慈祥的老中医微笑着医治过我的腹痛，给过我许多偏方，还给过我含蓄而美好的预言。

一块蓝布挂在门上，重写了"祖传中医"四个字。蓝底白字，遥远的古典风格，醒目的电脑字体。门，有些简陋，远不及当年吱呀作响的木质门板厚重。单薄的铝合金镶了单层玻璃，在更单薄的玻璃上，续写了诊所的实质业务：妇科。字体很小，小得有点猥琐，像一个躲在门后没见过世面的小妇人。但是，它是一个科，一个属于女人的小小巢穴，许多小妇人的聚集。聚集，就该有着群起的气势，但这两个字，还是被写得如此自卑。不知道为什么这样给它定格。

年轻的中医端坐在当年老中医的位置上，从容，严肃。只是把当年老中医脸上的微笑换成了一副近视镜。他不怎么言语，动作表情仿佛隔窗的哑剧。"祖传"两个字给了他某种定力。他怀揣着祖辈们方方面面所有的积淀。祖传，不仅仅是医术，还有血脉气息的纯洁。他从祖辈或者说他直接从老中医那里接过了一种魔法般的能力，可以轻松自如地让那些草药流进女人的血液，让中药的神奇力量随女人的生命之花一起绽放，除去体内的毒素——包括女人心理上的杂质，关于爱情的，关于男人、孩子，以及种种沉沦女人心底的不洁，都会随着花开悄然退去。所以，他治病，极像他父亲的手法，必先郑重地问：来了么？这句女人的隐语，被他高频率地使用。待确定了状态，把脉只需几秒钟，女人花期内的生命讯息，瞬间便可把准。然后快速地开出药单，告诉你回去后立刻煎服。亲自司药，让那龙飞凤舞的字体与药橱里那些芬芳四溢的草药不误花时，赶上花开的速度。苦味的药遇上芬芳的花，是滋润，还是略带摧残的洗礼？

　　诊所的墙上挂满了锦旗，内容简洁含蓄，满是女人心事。送子观音，护花使者……一位正在就诊的女人眉飞色舞地向他诉说，吃了三副药便怀孕了。而那面"护花使者"，倒让我想起一个常年吃中药的女人，她是一个老匠人的小娇妻。因为她常年熬中药，整个院子因飘浮着中药味道而像个仙境。中药，总有一种脱俗的芳香，像一缕脱离凡尘的魂魄，它的流动总让人想起高贵的守护，有一种特殊的讲究感。而那个女人，在中药的浸泡和药味的喂养下，更像个仙女，一身仙子气息，孱弱，清雅，衣袂飘飘仿佛可以飞天。因为她吃中药，老匠人会捧起她的双脚为她洗脚，她的脚在老匠人的掌心里浸在水中，像两只玉色的花蕾。我还有一个灵气四溢的女友，她把中药放在车里做香料，而且少不了菊花。她说用中药熏香清心明目，有益身心，好过任何化学物质。不知她是由此迷恋中药还是因为迷恋中药而迷恋这种用途，她频繁光顾中医诊所。而在花期，她会俯首对我耳语相约：好友来访，去寻中医？生命之花被她称为好友，还有什么称呼比这更贴切？她聪慧的眼神里常带一点点小小的狡黠。

　　终于，就诊的女人们散去大半，我把手伸过去。他抬头问，来了么？我摇头，难以开口。就像当年因腹痛来就诊时一样，面对老中医慈祥的目光我久久无法开口。那时花儿初绽，羞于开口，而这一次，花儿即将枯萎，我却依然难以开口，心中满含羞耻。可能是我头上的白发给了他某种暗示，他居然不再问，开始给我把脉。他表情变得肃穆，像主持告别仪式。他的表情让我确认，我的生命之花真的枯萎远去了！对于这个以浇灌女人之花为己任的祖传医生来说，确认一朵花的枯萎与目送一个生命的离世无异。这是一种宣判，宣判我一生中花期的结束。他的肃穆近距离地向我袭来，如同一袭飓风，迅速荒芜了我的花园。失落，苍凉，空洞，羞耻，自卑……纷至沓来，毫不留情地将我笼罩。我的生命就此被抽了脂，质感流失，色泽流失，意义流失。长发，衣裙，皮肉骨骼，女人头衔，将欺骗性地搭起一座荒芜的城池。从十四岁那个炎热的夏季开始，花开花落，花期花汛，她伴我春来冬去，岁岁年年。莫非，我的城将在鲜花盛开之后，瞬间荒芜？

年轻的中医依然龙飞凤舞地开了处方，给我人道的安慰。他说，吃三剂药，有可能调回来。可能，这位祖传中医的自信在这句话里打了折扣。我第一次听到他这么没底气地与病人说话。

我没有按照医嘱马上煎服，而是把这三包草纸包装的草药放进衣柜，任它淡淡的芳香日夜缭绕。它是关于我生命之花的最后纪念，就像当年外婆掖在我枕下的那包粉红色的软纸，是我生命花园里的一道风景。只是那时花期初到，不懂得珍惜，没留下那柔软的一角来沉淀记忆。而这最后一道苦涩的风景，我要保留。也许这些植物的碎片并不适宜久留，但我至少要保留一段时间，作为纪念，作为安慰，作为一种与生命相关的无奈痛楚来保留。也许有一天要抛掉它，但一定是因为它严重变质或是长了虫子令我恐惧的时候。

黄昏的歌唱

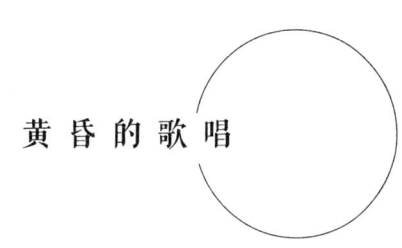

医生又一次询问我的病情。他问，休息得好吗？

我点头。

他又问，疼痛轻些了吗？

我摇头。

他继续问，我继续点头或摇头。他笑了，笑得很温和。他说，你怎么不说话？我说，我气息不够。

真的，我的气息不够。如果说没有这场疾病，我永远不会相信气息居然这么重要，这么珍贵。呼吸需要气息，说话需要气息，哭笑需要气息，连做梦都需要气息。说话的时候，我需要节约全身所有的气息支出，紧缩腹部，控制肺叶蠕动，屏住呼吸。然而要准确无误地做到这些，依然需要一种来自自己身体的力量，而自身的任何一丝力量，都是需要气息来支撑的。

医生拍拍我的肩。拍得很轻，轻得等同于无言的怜悯。那不是一个医生的举动，是一个健康人对病人的同情。他说，会好的，慢慢来。语气像一抹阳光，虽然是一抹温暖的照耀，却刺激着我的脆弱，让我的心中充满了感激和自卑。

医生转身离去，我听到了他若有若无的一声叹息。

医生的叹息让我感到更彻底的无奈。我想哭。一股热流涌起，在喉咙里酸涩潮湿地蠕动。但是泪水并没有涌出来，而是一首歌冲出唇齿。像过去的许多时候一样，泪水奔涌时，会在坚强的瞬间被煅铸成歌。于是歌唱取代眼泪。歌就这么神奇，我就这么神奇。在这种近于绝望的时候，我只能歌唱。不是想要歌唱，是潜意识的，没有主观思考的余地。这样的歌唱是上帝对我生命灾难状态的安排，歌唱，就像身体里的血液一样，是一种再自然不过的流淌。对我来说，歌唱，不仅仅是一种生命活动，或是生命状态，更是一种生命源泉。许多生命难关中，都是歌唱作舟，载我渡过的。十一岁那年，因为家庭中的多种变故，我一个人在生产队的库房里度过了一个寒冷的冬季。那些漆黑的夜晚，成群结队的老鼠在我的身边——那个四面透风的库房里——彻夜狂欢，甚至踩着我缩成一团的身体肆虐。我的脸常常被尖利的鼠爪抓破，鼻子也被老鼠带有毒液的牙齿咬伤过。惊恐万分的时候，我没有顾得上哭泣，也没有喊妈妈来救命，我知道那是徒劳的。泪水救不了我，妈妈也听不到我的呼喊。我突然想起了歌唱。歌儿，断断续续从广播里学来的有限的几首歌曲，成了我的自卫武器。北风呼啸的深夜，当我近于怯懦地启动冰冷的唇齿，那些歌儿便生动清脆地从我干涩的喉咙里流淌出来，像一群善良的精灵，带着我意想不到的热气。温润，圣洁，美好得无法形容。瞬间，可怕的夜晚便被融化了。在我的歌唱中，鼠群安静下来，仿佛通了人性，在隔窗透进来的月光里，我甚至听到了它们的呼吸。后来的那些夜晚，我唱歌的时候，视它们为听众。它们成了我的伙伴。夜寒不再彻骨，我真切地感觉到陈旧的被褥也有了温度。

　　十五岁的时候，我走进了生存绝境，失去了所有的生活来源。于是，辍学，挖野菜，拾柴火，去一个建筑工地上打短工。一米五五的身高，四十公斤的体重，每天要完成与壮年劳力一样的工作量，一个工作日搬运两千四百块砖。手指磨得鲜血直流，实在坚持不下去的时候，我就在心里唱歌。然后咬紧牙关要求自己再加一块砖。苦难的肢体与轻盈的灵魂在我的歌唱中渐渐分离。灰姑娘一样的身体成了一台麻木的劳作机器，不觉劳累，不知疼痛，手掌和脚底都是枯树皮一样的老茧。而脑海里，却一直在默默地唱响着一首歌——《年轻的朋友》："年轻的朋友，为什么欢笑，是新的生活，使我们快乐骄傲……啦啦啦……让我们的心在一起跳，啦啦啦……看青春多美好……"这首歌是一部战争题材电影的插曲，是一群年轻的女兵在奔赴战场的前夕，在草地上弹着吉他欢快地歌唱。虽然我当时的生活状态与那些骄傲的女兵有着天壤之别，但是我不能否认，我正拥有与她们一样的青春岁月，心中有与她们一样的激情与向往。这首欢快的歌一直飘浮在我的脑海里，时刻会跳跃出来，将我笼罩。透过歌声，我能够坚定地剥去我身上没有任何色彩的灰姑娘的外衣，清醒地认识到我是一个十五岁的女孩子，我青春年少，清纯素洁，美若仙子。后来我常想，那些歌是否与生俱来地长在我的身体里，我们是否从未分开过？

今天，我缺乏说话的气息。是一个医生都深感无奈的难题。我想我该开始歌唱了。歌唱的理由十分简单。第一，歌声可以让我感觉到我的生命在正常延续，与十一岁、十五岁，以及过去的所有岁月一样，即使在艰难中，也能流畅地延续。就像歌声，像光阴日月一样自然而然没有任何障碍地延续。第二，歌唱锻炼机体，歌声这种灵动的东西会像小溪一样穿越我破败的身体，它会再次用它的清澈、甜润去滋养和净化我的病体。而且我心中萌发一个强烈的念头，我深信歌唱会创造某种奇迹，比如不治自愈。第三，在歌唱中忘掉病痛，将苦难中的病体与我装满歌声的灵魂分离。它们必须分离，这种分离才是我渴望的状态。我不想让心灵与身体一起病下去，病得昏昏沉沉，没有模样。

我开始唱歌，唱那些记忆深处的老歌。唱《我爱北京天安门》，唱《四季歌》，最后反反复复地唱《绣红旗》。《绣红旗》，一首正统的革命歌曲。不知是它真挚悲壮的歌词打动了我，还是那悲喜交加的抒情震撼了我。每唱一遍，情感就抒发得酣畅淋漓，热血奔涌，泪水盈眶。我不知道为什么我会如此动情。但我知道我需要这种情绪，病中的人缺乏生命活力，需要某种活力激情的支撑。

在一个黄昏，我沿着花园中的小径散步。我拖着宽大的病号服，坐在草丛中唱歌，唱那些曾经作为生命源泉供养过我的歌。

我努力拉长节拍，努力放大声音，努力把每一个字都唱得清晰。歌，我敬它若精灵。我要以我的声音赋予它们形体，我应该让它们美丽通灵，不能辜负了它们。

正在打扫草坪的园艺工人，一个长着花白胡须的慈善的南方老人。他几度在我身边驻足，给我以友好的微笑。我想是因为我的歌声。我身边的那些小草，在秋天里居然还带着一抹嫩绿，有些出乎我的意料。还有野菊花，金黄金黄的一朵，在医院里，居然如此灿烂地开放，菊香浓郁。一个三岁的小病友走过来，弯腰采了那朵花，蹒跚几步走到我身边，仰起苍白的小脸，双手递给我。这个孩子十一个月大小的时候，开始在这所医院接受治疗，现在三岁。他让我很容易想起小萝卜头。战火中敌人囚禁了小萝卜头，而生命之神却再度囚禁了这个出生在和平年代的小天使。在他的成长过程中，所有的户外活动全在这所园子里，我想他的记忆里不会有更大的空间和更多的事情。如今，他居然懂得将鲜花献给我。我捧起他苍白的小脸，看着他纯真得近于圣洁的眼神，小小的、近于虔诚的双手，我潸然泪下。疾病，花朵，孩子，歌……黄昏。我以同样虔诚的目光看着他，我说，孩子，我真的想抱抱你。

越来越多的病友开始随我一起唱歌。这时候，我相信歌唱是生命的原始欲望，不仅仅是我，人人都有这个欲望。我的歌声轻而易举地诱发了它们。我们同样承受着生命之神的囚禁，同样在这座小花园里挣扎。我们一起歌唱，以同样的气息和热情歌唱，在歌声中寻求同样的解救。一个周姓病友用笔记本写下了记忆中所有的老歌歌词，厚厚的一沓。在我们忘词的时候，认认真真地提示。他说为了写这些歌词，他昨夜兴奋得彻夜未眠。他说他病了这么久，第一次找到了该做的事情。他说，其实唱歌比吃药打针都更重要。后来有一位长者，他是来自某音乐学院的老教授，将周姓病友提供的歌词配上谱子，用自制的毛笔工整地写在旧挂历的背面，写了十多本。老教授把这些歌曲挂在园子里的小树枝头，手持教鞭，用标准的节奏带领大家唱。渐渐的，我们的歌唱呈现规模，老教授激动地说，这些日子是他教授的最壮观的课程。

是的，壮观。在医院的小花园里，一群因为缺乏气息不愿说话的人，却用各自的嗓音唱响着一首又一首歌。我们的歌声一定是壮观的。

在一个秋雨绵绵的夜晚，老教授溘然长逝。第二天黄昏，我们冒雨在小花园里唱歌为他送行。没有谁哭泣，大家只是平静地转告，老教授昨晚上路了。一切都是平静的。然后我们平静地唱歌，我想老教授一定能听到我们的歌声。因为他是老师，是歌友、病友，是同一座生命囚城中的歌者。后来的几天，一直是阴雨天。雨，连绵不断的雨，阻隔了我们的合唱。在这场仿佛没有期限的秋雨中，我不得不一直待在病房里。我将小花园里我们壮观的歌声讲述给医生听，讲了很多遍，近乎滔滔不绝。我说老教授当时是如何虚弱，一阵微风就能把他的银发掀起，他的身子就会随银发一起颤抖。他的手上长满了老人斑，瘦骨嶙峋。他发烧的时候脸色通红，嘴唇也是鲜红的。但他的指挥从没疏忽过，他领唱时的声音也洪亮无比，他记下的谱子每个小节都准确无误。

医生忽然微笑着对我说，你好多了吧？

我说，还有疼痛。

医生强调说，你好多了。我说，还有疼痛，还有……是的，我好多了。突然发现我的叙述是如此流畅，语调清晰，言词准确。我有许多许多的话要说，而且完全有能力——有足够的气息去说。

焦渴的午后及夜晚

一

一只叫声清脆野性十足的蝈蝈，因笼子的囚禁和极度干渴而死。死状惨烈：眼睛突兀，头部萎缩，身体干瘪。四肢直直地伸展，停顿在不屈挣扎的状态。触角和肢体末端，因为完全失去水分一碰就断。它死了，留下一具小小的魔鬼一样的尸体。

这具小小的尸体就在我的居室里。狭小的空间使我不能视而不见，无处回避。我必须面对它。它不可估量地高明，以安静的姿态做最后的抗争，并且取胜。它以被害者和胜利者的双重身份，给我冰山火海般的折磨，在我本已脆弱得无法拯救的神经中注入彻骨疼痛。其实，我仅仅是把它挂在我的阳台上，距离地面四层楼的高度。也就是说，我们处在距太阳、距地面的同一高度。可它居然这样惨死了。它死了，而我呢？可怕的追问在这个骄阳似火的午后，洪水猛兽般将我包围。我毫不犹豫地拉上了窗帘，拒绝致命的阳光。这是我唯一能够做的。我的自救能力，不过如此。

拉上窗帘的房间无窗无门，像个笼子。失去光线，失去窥望窗口，暂时看不到我的高度。我将身子牢牢地埋在一只破旧的沙发里，下意识地将两只脚贴在地板上。在这个小小的尸体旁边，我是如此渴望土地的厚实稳当，渴望蒸腾的大地气息。但是我明白，我被关在一只钢筋水泥笼子里，被悬挂在距地面四层楼的空中，烈日暴晒，远离地面。

二

早上我发现这只蝈蝈的时候,也处在这样一种悬挂状态。我与众多的晨练者,正悬挂在一座山的半腰,一条蛇形的盘山小路上。这只蝈蝈,则悬挂在一位老农高高挑起的竹竿梢头。而且在那样的位置,它毫无惧意,欢快鸣唱。

老人一边编笼子,一边卖蝈蝈。他粗糙的手指扣编着纤细的草,编出的笼子纹路精致。为此,他黝黑的脸上菊花般的皱褶里堆满自豪。他每编一只笼子,就将在纱袋里挤成一团的蝈蝈掏出一只塞进去,然后封口。那些蝈蝈在那条劣质纱袋里,失去自由的同时,也失去了智慧。它们不思逃脱,在恶劣的环境里自相残杀。纱袋中的一只蝈蝈被同伴咬掉了大腿,被老人笑骂着作为废品扔掉。他扔得很干脆,没有一丝怜悯,没有多瞟它一眼。他不在乎它的另一只腿是如何地因疼痛而剧烈颤抖,叫声凄惨。他只知道断了腿的蝈蝈卖起来比较困难,至少要被讨价还价,多费口舌。扔掉那只蝈蝈之后,老人的笑容依然憨厚可亲。他说,编笼子的手艺几乎失传,现在全村只有他一个人还在干这种行当。这种笼子是把蝈蝈装进去之后最后封口,蝈蝈就是死在里边,都逃不出去。他还说,这种手艺其实好多人都不愿做,既搭工夫又不赚钱,他只是为了保留一种工艺。保留一种工艺,从他土得掉渣的方言中听到这么时尚玲珑的一串词汇,让我心里一惊。我想起非洲已经失传的人皮灯罩,那也被称作是一种工艺,而且享誉世界。这种联想让我顿时心生惊惧,隐约生出怀疑,怀疑那种工艺是否真的失传,怀疑与日俱增的凶杀案是否与那种工艺有关。

我以一块雪糕的价格,买下了一只笼子和一只蝈蝈。老人将蝈蝈递给我的时候,深深地叹气,说现在的城里孩子,连一只乡野的虫雀都见不到。他衣衫褴褛地蹲在城市街头,却并不自卑,他用救世者的骄傲神态与我们对话。因为他会编制没有出口的笼子。他捉蝈蝈安慰城市，拯救城市孩子远离大地田园的困顿。他还一再告诉我，怎样才能让蝈蝈叫得更动听，比如，喂辣椒，因为蝈蝈最怕辣椒。

我没有喂蝈蝈吃辣椒，想给它一点人道的救赎。但我的施救适得其反，愚昧无知。我懵懂地杀了它。杀，一个极具暴力的字眼。我不想在任何时候任何地方看到它，使用它。但是今天无法回避。必须承认，我无知而懵懂地杀了它。

蝈蝈，被暴晒而死。阳光变得可怕。我以最快的速度毫不犹豫地拉上窗帘，本能地给自己施救。但在拉上窗帘的一瞬，我为自己制作了一个更为密不透风的笼子。突然发现，我与编笼子的老人有着同样的手艺，只是我更加愚笨，我制作的笼子里囚禁的是我自己。仔细打量这间常年供我吃喝拉撒的六十平方米的居室，在这个无窗无门的时刻，是这样一副模样：陈旧，狭小，昏暗，潮湿，密不透风……而且在陈旧的墙角，还停放着一只蝈蝈的尸体。老式的电风扇被我操纵得死命地旋转，发出卡了喉咙般的呼噜，却丝毫无法解救这个笼子里令人窒息的状态。阵阵热风像得了瘟疫，在黑暗中软弱得如同世界末日的呻吟。

三

这个笼子证实了一个已故的邻居的预言。他晚年的时候患有严重的老年痴呆症，甚至失去了对生命机理的感知。一天到晚不停地进食，不停地喊饿，不停地大小便。他常常把黄灿灿的大便拉得满屋子都是，然后整个人像垃圾一样遭到儿女们的怒吼。在儿女们严厉而徒劳的教育中，他偶尔会清醒，拿衣服去擦地上臭烘烘的屎尿遮掩罪行，还自得地为自己辩解。他说，你们不孝还怪我，把我关在笼子里，这么高，我找不到门，窗外的悬崖那么高。这笼子从来都是关虫雀的，你们却把老爹关起来。他说他从小就在玉米地里屙屎，没有庄稼地我怎么解便。他的理论让家人哭笑不得，唯有他那个染了黄头发被家人视为不良少年的孙子，惊喜地说老人家的辩解充满哲理，爷爷简直是个了不起的诗人。或许是老人许久没听到这样正面的夸奖了，他竟像遇到了知己，从那以后无论儿女怎么吵闹，他都不屑于理会，理直气壮，只满脸和蔼地与孙子说话。而且一发而不可收，在他眼里，到处都是笼子。他随手一指，那座楼是鸽子笼，那条街是兔子笼，这个城市是蒸笼。笼子，笼子……直到死，他还埋怨儿女们不孝，把他囚在气味难闻而且鬼魅乱窜的笼子里，让他死都不得安生。其实他最终死在医院里。这个中午，这只躺在笼子里的蝈蝈尸体，以狰狞的面目完整地表演着那个死都不得安生的老人临终时的满腔幽怨，以一种阴森恐怖的气息向我控诉笼子的罪恶。

四

渴。是死去的蝈蝈最后的生理体验。那种渴一定是那种想喝掉自己鲜血的渴。那种渴我早有体验，只是我没有像蝈蝈一样因此而成为尸体。那是一次几乎要命的腹部手术。医嘱手术后六小时内不能喝水。手术是在高烧的情况下做的，术后的我依然是高烧病人。一个高烧四十度的病人怎么可以不喝水？要命的渴。我当时抓住医生的手说，如果再不让我喝水，我就喝你的血。当时我的表情一定与这只蝈蝈一样令人恐惧，因为我看到我身边所有的人变形的脸。他们吓蒙了，死命地拽住我的手，解救被我死命拽住的医生的手。我拿出了术后病人残存的所有力气质问他们，为什么不拿点水解救我？！喊得歇斯底里，地动山摇。然后一片黑暗将我解救了。昏厥让我进入了一片黑暗与宁静，没有声音，没有墙壁，没有城，没有亲人，没有医生，也没有渴。上帝赐我了短暂的天堂或者地狱。但无论是天堂还是地狱，上帝的解救是彻底的。因而保证了术后六小时没有喝水，保证了医生的鲜血一滴没被我喝掉，保证了我的血肉躯体在人世间继续活着。那个梦魇，我一生永远不愿再记起。但我没有能力控制它，控制那个生命黑洞，它会在任何时候随心所欲地吞噬我。在这个中午，死去的蝈蝈用它可恶的肢体语言再次将我拖进渴的深渊。而且，我制造黑暗的能力也极其有限，只是拉上了单薄的窗帘，远不及上帝赐予的黑暗可以让我瞬间解脱。渴，再度给我真实的折磨。它并不仅仅源于胃部和喉咙，它仿佛来自我身体的任何一个末梢部位，每一条血管，每一根神经。或者，根本不是来自我的身体本身，而是源于某种身体以外的神秘信息，某种感应。比如，蝈蝈的死。比如，那个老农奇特的手艺。一个平庸无知的凡俗之人，解渴的唯一办法是抱起杯子大杯地灌水，一杯再一杯。我曾视这种现象为病态，多次认真地看过医生。但医生的解释永远是喝水是人体需要，人要保持一天八杯水，人的血管里百分之八十三都是水。专业的解释让我无可辩驳。我顺从地喝水，而且喝一种据说是经过高科技处理的磁化水，这种水的原理是利用航空磁铁的磁场加上水的速度把水分解为小分子团，容易被人体吸收而且可以改变酸性体质。它的各种优越被漂亮的宣传广告和昂贵的价格一再证明，所以我深信不疑。但它在许多时候让我失望，让我迷茫。因为当我为焦渴拼命喝水的时候，从未真正止住过渴。而且那些喝进胃里的水，仿佛会产生重重倒影，那些倒影充满狂躁的鼓动。

五

耶稣说：人若喝了我赐的水，就永远不渴；我所赐的水，要在他里面成为泉源，直涌入永远的生命。

但是，这不是一个虔诚的时代，我更相信人为机械的解救。我把解渴的希望寄托在医院里。

为了水，我挂上吊瓶。无色的液体流过透明的塑料管子，再流过闪光的金属针头真实地灌进我的血管。水，与我对接的方式是金属穿过皮肉的疼痛。人类的智慧仿佛先天不足，一切行为必需伴随破坏性的疼痛，身体的，自然的，尖锐的，麻木的。曾经在飞机上捡起一张报纸，看到了科学家的忏悔：本世纪的八种垃圾发明。其中塑料名列榜首。那是一种迟发性钝痛。这种钝痛在几十年后几乎病入膏肓的时候才有病理反应。有报道说某公园的成群的梅花鹿死因不明，解剖尸体才发现它们的胃中塞满了塑料袋。某地观赏鳄鱼因食入塑料瓶子三年不能进食，能清楚地看到它的皮下脂肪从鼻子到尾巴一点点被消耗掉，变得皮包骨头奄奄一息。但是今天对我施救的，也是塑料。它像多变的女妖，从报道中吞食生命的魔鬼变成纤细透明的救命工具，在这个危机四伏的医院里招摇。病房，手术室里，它们以绝对洁净无菌的优越姿态圣物般地在病人痛苦的呻吟中旁若无人地起舞。它以天使般的面孔病态而疯狂地覆盖世界，渗入生命细节。

清醒的忏悔苍白无力。

六

解渴，是所有生命的必经途径，我们无比自觉。我们的祖先大禹，就为子孙们做了很好的榜样。他的一生与水纠缠不清。无论是治水还是喝水，都是纠缠。在与水的纠缠中，人有足够的理由放纵人性。可以毫不遮掩地让自己的意志利益裸体出击，抗衡天地自然。因为，渴，无法抑制。比如我们的城市中那条人工河的诞生。为了水，为了给这座干渴的城市解渴，几乎是全民参与，动用了大量的机械。如果不是开挖这条河，我真的不了解机械的强大。在烈日下，挖掘机一次操作，便从多年的淤泥里挖出成团的蛇。而且铁质的家伙面对那些恐怖的软体动物毫无惧色。蛇，那些曾引诱人类始祖犯罪的狡猾而邪恶的东西，在那个中午，在庞大的机械面前，唯一显露的本领是逃。它们渺小而且绝对弱势。它们并不习惯烈日下的蒸晒，呈现出丑陋的挣扎，带着满身湿漉漉的泥浆缠绕蠕动，毫无希望地四处逃窜。它们曾经的罪恶只存档于上帝那里，此刻它们已没有任何施展罪恶的能力。蛇的逃，引发人们的快感，围观的人们咬牙切齿，协作有力，举起铁锹一起向蛇团切去。铁锹，这种普通而笨重的劳动工具，在切杀那些蛇的时候，居然锋利无比。

七

耶和华神对蛇说：你既做了这事，就必受诅咒，比一切的牲畜和田野的活物更甚。你必用肚子行走，终身吃土。

在21世纪某个城市的某个中午，人类对它的处决更果断：打死它！打死它！

一个民工在奋起斩杀那些蛇的时候，误伤了自己的脚趾，疼痛得一阵惨叫。惨叫声唤起了伙伴们更大的愤怒，所有的斩杀更为疯狂。蛇的血，人的脚趾的血，同为红色，交汇染红了那片蛇形的河岸。

一条河终于诞生了，难得的清流穿城而过，在人们的梦想中浇灌城市。但，它带着某种阴影。冰凉地蠕动，酷似一条蛇。当人们为它欢呼蜂拥、亲近它的时候，它安静，诡秘，不动声色地实施引诱：

一五岁小女孩河边汲水滑入河中溺毙；

一路人为捞鞋子溺水身亡；

三醉汉贪恋清流夜半游泳被淹死；

一桩杀妻碎尸案告破，罪犯将尸体抛入河中；

河中多次发现食人鲳，疑善男信女放生所致；

河中不明水草疯长，建议市民不要私自引进外来物种；

……

终于在某一个早晨，我再次翻开晨报的时候，感到绝望。河水，对城市的滋润远不及带来的焦渴更多。死亡，罪恶，忏悔，贪欲，错乱，我们千辛万苦开辟的一条城市血脉，轻而易举地盛装了种种的罪恶和忧患。五岁孩子，醉汉，杀人犯，善男信女，不明物种，死亡的阴影……渴望水的人们与这条河发生着千丝万缕性质不明的关系，河水的引诱与人们的欲望不谋而合，制造着媒体头条。而这些消息，成为恐怖的阴影，成功地彰显着这条蛇一样形状的河水的力量，傲慢阴森，胸有成竹，不露声色却暗藏杀机。曾经看过一部恐怖电影叫《人蛇大战》，电影中蛇为了报复人类的屠杀，倾巢而出，与人类以及强大冰冷的机械殊死相搏。为了票房而虚构的故事是否即将被现实演绎？被可怕的疑问缠绕的时候，一条巨大的蛇会清晰地出现在我的梦境里，它傲慢蠕动，花纹恐怖，伸展长长的毒信，与我耳语着什么。

我从未听清楚它说什么，但能感觉到一种令人恶心的亲切与暧昧。这种感觉真的让我无比恶心，恶心那条来路不明的蛇，恶心自己，恶心那种亲切和暧昧，尽管是梦境中的虚拟。会在瞬间想起蛇头蝎尾，牛鬼蛇神，蛇口佛心，杯弓蛇影……一连串关于蛇的咒语般的词汇。

八

某个夜晚灯火通明，人们以狂欢的形式庆祝这条人工河竣工通水一周年。两岸绚丽的灯光和升腾的焰火使这个夜晚失去了属于夜晚的宁静，张狂而膨胀。人群中，我以狂舞者的身份抬头偷窥一眼天空，月亮还在。但看不到月光。灯光和焰火成为夜晚的主宰的时候，就发生错乱。月亮黯然无光。还有对岸那些成林的树，在有月亮的夜晚，我曾经抱着女儿一遍遍地在那里寻找童话，公主，王子，仙女，小矮人儿……月光下，女儿的童话世界里善良美好的主人公无一缺失。但是在这个夜晚，树，只是狂欢工具，它们已被迫害成为荼毒童话的帮凶。它们毫无反抗地将那些缠绕在肢体上的奇形怪状的发光物高高举起，将夜晚照得一片惨白，空无一物。

一个小女孩儿精灵般地落在我的身边，不知来处。与这个热闹的夜晚相比，她的安静无法比拟。她一身复古装束——赤足，半裸，只挂一条红肚兜。红肚兜上绣着一只振翅欲飞的绿色蝈蝈，而且带来一片蝈蝈的鸣唱。

阿姨，你喜欢蝈蝈唱歌吗？

喜欢。

你知道哪里的蝈蝈唱歌最好听吗？

我摇头。

她看着我，示意我蹲下。她黑色的眼睛单纯而干净，闪着星星般的光芒。

我屈膝听她的耳语。她口气清新，带着原野的清香，声音清脆。她童谣般明净的耳语温暖而尖利，瞬间击穿我麻木的心。尖锐的疼痛顿时遍布我的全身，她以一种神明般的力量给我启示——带着刺骨的疼痛，我将为一只焦渴而死的蝈蝈举行一场庄严的葬礼。

黄昏的杀戮

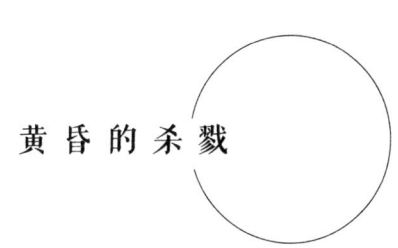

那一天,那些小羊与我一路同行。它们洁白,柔弱,安安静静。一个挨一个平躺在一辆农用三轮车上,我一眼就看到它们的状态。

山路蜿蜒迭起,那辆农用三轮车吐着黑烟与我们赛跑,在我乘坐的豪华大巴的窗子下面时隐时现。当它第三次闪进我的视线,并且紧紧地贴在我的窗下的时候,我才看清楚那些小羊的真实状态与表情:它们一共有十二只。因四蹄被捆,所以显得十分安静,毫无挣扎余地。一只挨一只被摆放在一起,所以又显得特别有秩序。它们整个身体只有娇弱的脑袋能够微微地抬起,但这动作太微小,被三轮车疯狂的速度淹没了。唯有那十二双绝望的眼睛是复杂的:惊恐,焦虑,迷茫,无助,怨恨,挣扎……还有着微弱的叫声。那叫声在这尘土飞扬的新开辟的山道上,在搅拌机轰隆隆的吼声中,像一丝埋没在深夜里的支撑生命的呼吸,微不足道。道路开始变得陡峭,农用车司机却越跑越兴奋,干脆甩掉草帽,加大油门唱起高歌。

终于,我们在阴凉的空调大巴里,看着那辆三轮车得意地消失。而我们的行走,则越来越艰难,绕着一堆堆路障似的石堆、水泥、沙子,还有三五成群的筑路民工慢慢前行。由于越往上走山越陡,这里的开发似乎慢些。

这是一条通往一个新开发的风景区的道路。大山被劈开,剥去苍翠的山皮("剥山皮"是从一个开发者口中听来的词汇),裸露出一条初具规模的道路,尘土飞扬。这些尘土的舞动,使这条尚未铺上水泥的道路已具备城市道路的某些特征:两边的丛林,蒙着一层尘土,灰黄的颜色像穿上一层混沌的外衣。

这个风景区，在地处中原腹地的深山老林里，几年前只住着寥寥几户人家。最初发现这处风景的，是几位来自城市的探险的大学生。他们由于迷路，借居山民家中，山民的热情招待使他们发现了这里的旅游价值：这里风景如画，这里是天然氧吧，这里的农家饭菜自然清香。此后不久，这里便被开发为风景区。风景、氧吧、农家饭便被写在景区花红柳绿的广告词里。许多与旅游有关的东西源源不断地涌了进来：机械、炸药、老板、施工队、导游、客人，甚至还有千里之外的民俗节日。这些东西都叫开发。现在开发最前沿的是山民的语言。在这座山里，我遇到的任何一个目不识丁的老人，或是三五岁的幼儿，当他们全然不知环境、自然为何物的时候，开口便是开发，抬手朝任何一个方向一指便是开发。

走进这个景区，首先看到的是一大片刚开发的光秃秃的水泥地，无序地摆放着红红绿绿的塑料水桶，扯着塑料管道，山民告诉我们要在这里开发泼水节。水桶已注满清水，一群身着傣族服装的农家女孩儿，个个浓妆艳抹，露着肚脐在人群中走来走去，大批游客跃跃欲试，吹起怪异的口哨。这里，将是远离城市寻求自然的人们精心营造的一个狂欢场，比迪厅、菜市场、马路有着更为辽阔的噪音的狂欢场。而这个狂欢场的四周，是高耸的垃圾堆，混杂着未死的绿叶、炸碎的山石、水泥石灰的残渣，还有刚刚被挂上去的色彩鲜艳的塑料袋。

我没有走进狂欢场，但依然没有逃脱那种混合着尖叫声、口哨声以及掌声的冲击。在这种氛围中，我差不多忘记了那十二只小羊。或许是它们的洁白与幼小让我对它们的去处有一个美好的设想，我想它们该是被拉进深山去喂养，那里会有更为鲜美肥厚的绿草给它们吃，有更为清澈甘甜的溪水给它们喝。

黄昏的时候，狂欢的叫声中夹杂升腾起黑色的烟雾，被狂欢的人们浇得湿淋淋的水泥场地四周，架起了高大的烧烤火炉，风箱呼呼作响。火炉里的木炭在人们的盼望中渐渐燃起，跃起一簇簇蓝色火苗的时候，有人催促着什么。我突然感觉到一丝不祥，想起了那些小羊。我翻过垃圾堆企图寻找它们，结果却出人意料。我与羊之间只相隔一道垃圾堆，也就是说狂欢与死亡之间只隔一堆土石。在垃圾堆的斜坡下面，有一个简易的屠宰场，那十二只小羊仍被捆着四蹄，被堆放在一起。它们已不再做任何挣扎，也没有声息，目光中却有着更为复杂的东西，深不见底。而那个载它们来这里的农用车司机，这时候兼做屠夫，正霍霍地磨着尖刀，以粗糙的手指试着利刃。他的目光与小羊截然相反，专注的眼神即将溢出眼眶，眼睛中黑色晶体的最浅处飘浮着混沌而朦胧的幸福光芒。

看到我走过来，他迟钝地朝我嘿嘿地笑。没有表情，只有那声音表明他在笑。在即将暗下来的黄昏里，那笑声听起来毛骨悚然。

我说，你要杀它们吗？

他依然是嘿嘿地笑。

我又说，你要把它们全杀掉吗？

他依然磨着刀，嘿嘿地笑。

一个本地女人从我身边走过，她不屑地对我说，他是个傻子，还是半语（声带不健全，只会简单发音）。

但在这个黄昏，傻子是个称职的屠夫，我绝不能小觑他。他磨完刀一直蹲着，身子不曾扭动一下，手脚没有一点大幅度的动作，便轻而易举地割下了一只小羊的头颅。而那只小羊也近于无声，只是极其微弱地发出一丝声音，呲——像撕裂一张白纸。随后便是流血声，哗啦啦——一只小羊的鲜血，竟然哗啦啦流出了声音。杀戮，就这么简单，而在这个过程中，几乎没有任何声响，只有血流的声音。

接下来他动作麻利地剥掉小羊的皮，开膛破肚，掏出内脏。

我再次颤着声儿问他，全杀掉吗？

他虽是半语，还是清晰地吐出了三个字：不够卖。这时候夕阳褪去了最后的残红，黑夜即将来临。我仿佛听到从哪里传来一只母羊凄惨的叫声，咩——拖着长长的颤音，令人发抖。

是谷底有羊在叫么？

他依然在笑，他说，山上，没有羊。

那晚，这座山里除了狂欢的笑语，空气里还弥漫着烤羊肉的焦煳味道。

第二天太阳在山顶升起来的时候，当地导游兴奋地挥着手向我们介绍，那儿，也要开发，还有那儿，也要开发。那儿是一个大停车场，那儿是一个娱乐中心，那儿是一个高尔夫球场。无疑，他作为本地有知识有见识的一代，是这山区开发的参与者，所以他如此骄傲。随着他挥舞的手望去，前面的两座山体已被剥去大块的皮肉，泛着惨白的光，如一片裸露的白骨。

水 事

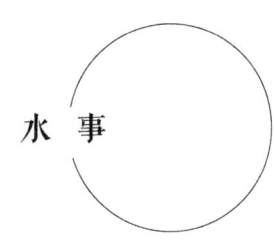

干旱

水库干涸,湖底渐渐裸露出细腻的泥土。这些裸露的泥土上挂着大片干枯的水草,镶嵌着蚌类的尸体,还有隐隐的腥味儿。这片肥沃的土地,为围湖而居的人们带来了不小的惊喜。这种喜悦如小童的微笑,模糊而蒙昧,甚至掩藏着让人无法琢磨的小小心机。于是,在这个夏天,这些新地被开垦耕种,再度花开,迅速长出了大片的油菜。

错了季节的油菜花娇艳夺人,芬芳四溢,吸引着好奇的人们鱼贯而至。郊游者把它当作再度的春天,如同婚姻围城中的男女再度获得初恋时的浪漫与甜蜜,一个个微闭着双目,呼吸花香,享受虚拟的陶醉。而摄影爱好者,则不厌其烦地选择着拍摄角度,恨不得将花色花香加倍地吞进相机。有一位摄影大家,围着花海转悠了两天,终于,他庄严的脸上挂上了一层无法剥离的自信与得意。他惊喜于自己别具匠心的发现,惊喜于自己巧妙无比的画面构思,神情骄傲,气势夺人。他说,这样拍:一边是干涸的水源,一边是娇嫩的花海,象征生与死,必是一个获大奖素材。

后来又来了电视剧组、漂亮的女演员、艺术学院写生的学生……人们蜂拥而至。当三脚架、画板、摄影机、红男绿女把这块地方围得透不过气的时候,这片意外的春天开始枯萎了。由于没有足够的水源,这些油菜花朵在盛开之时便枯萎了。人们无奈地散去,离去的背影满是沮丧,骂骂咧咧,甚至开始诅咒。有人说这里本身就是一片不吉利的土地,某年这里曾经溺死过两个男人；也有人说，当年这里有水的时候，有人看到过水怪，怪物的手掌有芭蕉叶子那么大；还有人说，这片该死的土地，这样昙花一现，浪费感情……这片干旱的土地经过短暂的春天和宠爱，突然间就背负了诸多的过错，情形狼狈，尘土飞扬。

电视、报纸、不同的微信群里出现了同一个标题：这个城市没水了！一条小土路在曾经的湖底迅速延伸，曲曲弯弯仿佛没有尽头。湖，仅剩下心状的一洼水，在肆虐的阳光下，毫无抵御能力，像挂在天边的一滴眼泪，反射着阳光，正在悲凉地风干，让人悲伤。从湖底裸露出来的土地成了最具体的证据，龟裂的土地纹路被电视镜头考古一样无限放大，并且通过媒体画面一次又一次展现。昨天还在诅咒这块土地的人们好像突然间发现它预示着灾难，凑热闹一样唏嘘不已，流露出夸张的恐慌。这个城市没水了——谶语般让人绝望。水，水，水！水，水，水！这场旱情，衍生出许多感人的新闻和让人啼笑皆非的事件。比如哪儿哪儿的村民自发组成爱心送水队，哪儿哪儿的引水工程工地上民工冒着酷暑昼夜奋战，又比如哪儿哪儿的领导送完水直接钻进空调轿车，缺乏亲民形象……并由此在媒体上引发了一场激烈的辩论：送水官员到底该在烈日下步行还是应该乘车。因为干旱，这一年夏天前所未有的热闹。

烈日当空。有位白须老人，在水边顽强地垂钓，但是并没有看见他钓到什么鱼。或许，他仅仅是寻求与水的亲近。独钓白须翁，并无多大诗意，远远看去，只见他雕塑般地垂着头，弓着腰，像遥挂在地平线上的一个干渴的标本。

引 水

与我同室而居的水利局局长昼夜不安，关注着每一天的天气预报。而电视画面上，轻柔舒缓的背景音乐和举止优雅的主持人，都有些多余，更像作秀，其实这样的画面真的离雨很远，离水利局长的期盼甚远。他期盼的是天气变化，一团云，一丝雨，都是他眼神中奢侈的惊喜。窗外的一点小动静，都会引他推开窗子真诚地观望：哦，是否下雨了？他已经开始担心生活用水问题。这个夏天，为了水，他挥汗如雨。他不停地组织会议，讨论调整用水方案，以及操作过程。甚至他不停地考虑，搞一个怎样的发明，设计一个可以利用洗漱废水冲刷便池的设施方案。

水利局局长参与组织了一次小规模的调水。从数千米外的昭平湖借水，来填补另一个位于城市边缘的水库，更实际地解决城市饮水问题。他像背书一样，熟练而频繁地念叨着一串术语：水位、库容、死库容……面对偌大的一个水库，使用着最小的计量单位——毫米，他关注着每天的水位上升或是下降多少毫米。他一直没认识到水有这么珍贵。而他跟随着水流，保护着并不算清澈但每吨需要支付七分钱的水。这已经不再是行政使命，而是一种高度的自觉。看到这些水进入引水渠槽的瞬间，他几乎目不转睛，双膝跪地，然后追着水流奔跑。他像一个称职的镖师，背着铁锹，寸步不离地看护着经过讨价还价讨来的得之不易的水。水，越过干涸的河床，紧贴着长着点点茅草的渠道边沿流动，就像血液贴着血管的薄壁。这本是自然的依托，但此刻这种依托却让人揪心地感动。他明白，这些水，将在这个干旱的夏天供养这个城市，而这种再自然不过的依托，才是供养生命的真实途径。他紧紧盯着河渠沿途的任何一个缺口，生怕有所丢失。他跟着水走了两天，在烈日和清流之间，犹如走回了天地的源头，经历着原始的混沌和悲壮。当水再度经过一段因被过度采沙而伤痕累累的河床的时候，他的眼睛变得空洞，意志也随之空洞，眼前不仅仅是荒芜，而是凝聚着黑色的力量。水，这种柔可穿石的硬物，显得软弱而无力，多半毫无抗拒能力、鲜血般地渗进了采沙船留下的陷阱般的沙坑里。当水终于注入另一个水库的时候，已所剩无几，像干涩的泪行，苍凉而滑稽。水利局局长终于明白，什么叫杯水车薪。

他深深地忏悔自己的微不足道，像一个打败仗的士兵，声音嘶哑，双目通红，衣服上挂满了白花花的汗渍，整个背部，像一片高浓度的盐碱地。他肩头上的铁锹落地，裤腿儿上挂满了泥浆，一条腿稍作蜷曲，而另一条腿，则坚韧地支撑着微弯的身躯。头顶上的秸秆草帽，遮挡着热烈的阳光，如一朵严重缺水的向日葵，耷拉着脑袋，狼狈不堪。一个新时代的治水人，一个大禹的子孙，此刻像一堆劣质土堆砌的泥塑，面对干旱，渺小而丑陋，全然没有治水先贤气壮山河战天斗地的英姿，让人无法想象大禹的高大和愚公的臂膀。而采沙船，这种狂躁的机械，却在一溪清流中彰显了它跨越人间地狱的本领。大禹与水，愚公与山，到底是谁征服了谁？是大禹用宝贵的岁月治理了肆虐的洪流，还是水轻而易举地挑逗了人类的智慧？到底是愚公移山开辟了门前的道路，还是亲手挖开了令人类家园破碎的第一个缺口？愚公的称谓，到底是讽刺还是歌颂？是丰碑还是警示牌？

终于，水利局局长步履艰难地回到了家，他依然念叨着水位、库容、死库容，但那种激情和高亢逐渐减弱，念叨起来更像咒语。在水泥钢筋组成的公寓里，他沮丧而奢侈地喝了一大杯清水，倒头便睡，整个睡姿像一个无奈的忏悔。

祈 雨

在雨没来到之前，我一如既往地关注天气预报：晴天，高温，主持人不厌其烦地提醒市民，高温天气注意防暑。其实，这样的提醒令人反感而且绝望。电视画面，也凑热闹般地充斥着焦躁：法律节目传播着狡诈的犯罪和受害人身后那些悲惨无奈的故事；世界杯让亿万观众提心吊胆，寝食难安；还有隔三差五的恐怖事件、反恐消息以及言辞激烈力透纸背的各种评论。这一切都制造着强大的躁动，令人不安。唯有某国的一个女总统的演讲，贤淑真诚，堪称励志典范。总统的坦诚非同小可，总统的贤淑更浇筑心灵。在对清凉之水的渴望中,我瞬间便承认了她的美貌、气质、女人身份。甚至从心底默认,她应该获得姐姐和阿姨的称呼。女人是美好的,做了总统的女人也是美好的,女人如水。

　　我赞颂美丽的女总统温润如水。女儿笑笑说,或许我们清静了,雨就真的来了。我好感动。在这个燥热无雨的夏天,美丽的女人,平静的笑脸,清静的言辞,都触动我心底的柔软,让我心生感动。在这个夏天,我恬静的女儿,举行了这个时代最简朴的婚礼。她说,不是出风头,不是倡导新风尚,仅仅是想办得清静一些。清静,在这个夏天比什么都重要。她拍了结婚照片,是仅用于结婚证件上的那种。红色的背景,小夫妻都穿着洁白的上衣。女儿说她的白色 T 恤衫 19 块钱,买自北京的某个胡同夜市的小地摊儿。女婿穿的是单位发的工装衬衣。这张照片是唯一一张他们为结婚而拍的照片,也许是这个时代最简单最朴素的结婚照片了。那天她说,妈妈,送给你一张。说得非常平静,但递给我的时候,却相当凝重。他们平静地决定,不拍婚纱照片,很坚定,很自然,稍有会心。仅仅是一点点的会心。其实我并不真切明白,他们为什么不拍婚纱照。不是因为钱,因为我答应拿出一个月的工资给他们拍照。也不是因为他们不相爱,因为他们虽然相隔千里,但彼此牵挂,每天都有柔情蜜意的电话。也不是因为他们的婚姻不美满,因为他们纯洁无瑕,拥有冰清玉洁的爱情。我曾经赞扬:井荷叶一般的爱情。不需要额外的滋养和力量,清清静静,没有污染,志同道合。这样的比喻唯我来用,因为我静静地观察过井荷叶,它们只需清水便枝叶茂盛。我的好儿女。

　　在女儿的婚礼之际,果然下了一场大雨。这场雨,在天气预报中并未出现,下得人世间满是惊叹。一场雨,窗下的小草迅速挺拔,田间的花儿瞬时开放,孩子们露出笑脸,甚至,我固执地认为孩子们在雨水冲刷后悄悄长高了一厘米。

　　而关于这场雨的来临,转眼间,便生出种种传说。

有人说，是吸引力定律，人人都渴望雨，雨就真的来了。

　　也有人说，是某个村子的村民集体前往白龙潭祈雨所得。全村人都去了，年轻的女人们还怀抱婴儿前往。孩子的心灵干净，最虔诚，感动了龙王，降了雨。

　　也有人说，这场雨是人工降雨，是干冰和乌云的结晶。

　　当这些争论的声音不绝于耳喋喋不休的时候，混浊的热浪再次席卷而来。这场雨，以及它带给我们的清凉和滋润，瞬间无影无踪，没有痕迹。花草树木继续干枯，知了继续少气无力地嘶鸣，满大街的宠物继续伸着鲜红的舌头散发体热，而我隔壁的夫妻，继续昨晚便开始的战争。我仿佛置身于一场梦中，开始怀疑这场雨的真实性。怀疑在这个干旱的夏天，是否真的下过一场美好清凉的雨。或许，仅仅是我做了一个梦，在梦中，干涩的眼里滑落了几滴难以滋润自己的泪水而已。

能饮一杯无

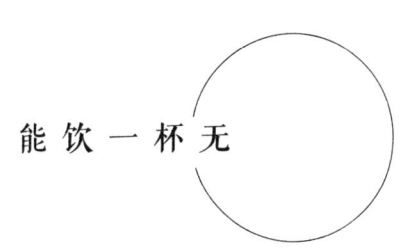

黄昏时分，雪下得很大。心的突然空旷让我有些手足无措。该如何享受这冰天雪地啊。这种享受是多大的奢侈啊！我想到了酒。想到了与酒有关的诗。关于诗的记忆，财富般地在我的心底涌起无边的骄傲。曾经贫穷的年代里，我居然记下了那么多美好的诗文。在这个雪天，它们依然存在，已化作我心中抹不去的情怀。一场曼妙朦胧的雪，它飘落在千年之前。一部书用有限的段落，速写了一个雪中堕落的女子。她守着炭火，执一壶热酒，慵懒地伸展腰肢，神思恍惚：什么时辰了？

对于这个女子的怀想到此为止。因为艺术家们让雪中的一幕做了一个悲剧的开始，并且用有限的文字将她推向了万劫不复的罪恶深渊。但悲剧始终不能遮盖美好。为了那场雪，那盆炭火，那壶热酒，那个风情万种的女子，我努力让自己忽略甚至忘却那些悲剧情节。而那一句梦呓般的"什么时辰了？"已经融化在我的雪天里。这一句包含着女子万般风情的梦呓，诱惑我梦回千年，与她对坐，与她共饮。我喜欢所有属于古典女子的东西：唐装，宋服，乌黑松散云鬟，满头银制钗环，莲步轻移，环佩叮咚……梦回千年，化身一个慵懒柔情的古典小妇人，在一座青砖灰瓦的小院里，守一盆炭火，温一壶热酒，倚门等待一个身披蓑衣的夜归人。这是多么柔情美妙的事情。我想起了酒。此刻我除了梦一般的怀想，最有可能握住的，是一壶热酒。还可以自问一句，什么时辰了？

打电话给一个朋友，约酒。这个词不够古典，缺少风雅。而且充满时尚意味，是很流行的网络用语。更准确地说是套用了"约架"一词。这样的词汇对于酒，特别是对于雪天的酒，实在是有点儿僭越和亵渎。但很无奈。因为这场雪落在21世纪，而我，也穿行于网络时代，无法准确地给它冠以一个合适的词汇。也正因为如此，那句在黄昏雪天里属于女子的"什么时辰了？"其实出不了口。我只能像珍藏一件闺中绣品一样将它含在唇边。当我拨打朋友的手机，铃声响到第五下的时候，她接听了。手机里传来的，是令我失望的声音。她少气无力地说，她病了，是累病了。她是一个心理医生，她说这段时间病人太多，怎么会这么多呢？！她说，有学者预言，抑郁症将在本世纪席卷全球。然后以漫长的过程叙述病情。我能听出来她夸张的惊恐。她无休无止的叙述真的是一个漫长的过程——这个过程让我驱车在铺着雪的马路上蜗行了近两公里路程，而且在加油站给汽车加了45公升汽油。

我们的交流有些艰涩。因为她生病，而我想喝酒。

她问我，外面下雪了吗？我说，是的，雪很大。你看不到吗？

她说，窗帘很厚，我怕冷。然后又问，几点了？

"几点了？"这是现代汉语中的"什么时辰了？"，它出自一个女人之口，只是这个女人是一个奔波在21世纪的忙碌而成功的女人。她读过成堆的书，经历过无以计数的考试，研究过各类人的心理性格，对世间情感分类了如指掌。她为许多人解惑，她教育出了优秀的孩子，有很好的收入，家境殷实。但是，在这个大雪飘飞的时候，她累病了。她又问我，几点了？

她问得很焦躁，甚至有点绝望。她可能在可惜一天或是几个小时的时间。对卧病在床这种状态，满心遗憾。但自以为不迷茫。她一直骄傲于自己的清醒。她主张人要努力，要现实，不应该有奢侈的梦想。虽然心理学讲究"共情"，但与我好友多年，她总是认真理性地以教授的角度解析我的梦境来源，绝不站在朋友的立场上关怀我。许多次，她表示我不可救药。电话的另一端，她不断地咳嗽，嗓子干哑。她哭了。她说，这段时间太累，昨天就发高烧，嘴唇干裂，骨头碎裂一般疼痛。多想有一个人能帮自己倒杯水。但是丈夫出差在千里之外，儿子远在另一个都市读书。她说，事业帮不了她，满屋子的书和证书无法为她倒一杯水。因为高烧，她抖得厉害，浑身发冷。但是，满屋子的静物比她更冷。她说这一夜，她走过了半个人生，了解了人生中除了奋斗和成功之外，应该还有好多东西。但这种明白好像瞬间即逝，因为她突然又问，几点了？

"几点了？"她一向惜时如金，珍惜分分秒秒。她的问话是在替代她惯常抬腕看表的动作。病床上，她的情绪，她的心，依然在匆忙中。即使在这样的雪天，拖着病体，她还是只关心时钟机械的转动，只关心那个引她奔跑的速度和指向。其实，这时候我多希望她能掀开窗帘看一看窗外的雪，也怀想一下那个站立在雪天里的古典女子，怀想一盆炭火、一张棉帘、一壶热酒。然后弱弱地问一句：什么时辰了？哪怕只是让它藏在唇边，为自己涂抹一点雪天里女人的气息。也许满屋的静物就会变得柔软，心也会宽阔一些。这个雪天已经沦落为病中的时光，为什么不能回过头来善待它一次呢？有些时光，注入一些情怀，心就会柔软些。柔软的心，特别是柔软的女儿心，是世间怎样一种珍贵啊！人，对自己都没有情怀的时候，可悲而可怕。这话是我女儿十四岁的时候说的。当时，我惊讶，心酸，眼里汪满了泪水。但也欣慰。我看到了她的悟性和智慧。特别是情怀一词，她一出口，就让我惊得一颤。她真的很不简单。她告诉我，那天她在学校看了一段纪录她们学习生活的短片：清早，星星还没有退尽，宿舍窗口就亮起灯光；夜晚，时针已经指向十一点，还伏在窗下苦读。特写镜头是窗外飘飞的雪花。她说，看着看着，她们就哭了。她说，真的妈妈，平时我并不知道自己多么苦，但是看到短片的时候，突然觉得读书生涯是多么不容易，我们都哭了。她说感谢学校拍了那个片子，使她有机会认真看了一次自己，明白自己只是个身材单薄、体力有限的十四岁小女孩儿。有时候，人真需要回头看看自己，她说。从那以后，她会不时地关照一下自己，特别是在雪天。无论学习多么忙，她都会寻机出逃一会儿，踩踩雪，为自己买包喜欢的零食，去老店吃一碗热乎乎的酸辣米线。她上大学走的时候，她的电脑桌面背景是一幅励志图片，是哈佛大学图书馆凌晨四点钟的实拍照片：室外飘着大雪，室内灯火通明，白昼般的灯光下，不同肤色的学子个个聚精会神，几乎每个人的面前都放着咖啡杯。这幅图片让我莫名地担心。我甚至暗示说，孩子，我们可以不再读名校。女儿恬淡地笑了笑，说放心吧妈妈，我只是喜欢图片的雪天背景。后来我发现她主动在行李箱中放了一瓶自己喜欢吃的酱油和一小套品牌名字都很优雅的化妆品，精心地用毛巾裹了又裹。她的细致，让那些易碎的玻璃外壳很温暖也很安全。在她大堆的行李中，这些小东西让我感觉很安慰。廉价的酱油是一滴生活，而那套同样廉价却包装精美、味道宜人的化妆品，是一个十六岁女孩儿该有的情怀。带着一片情怀上路，求学生涯或许就会多一些智慧和享受，励志就会有限度，女孩子花朵一般柔美清恬的性情就不至于被席卷而去。

几点了？

哦，亲爱的，能否别再这样问。你这样的状态下这样机械的问话让我心疼而无奈。你不是一架机器，更不是一只钟表。你会生病，会哭泣，会疼痛。你需要喝水，需要吃饭，需要生活的滋养。你完全可以在某个瞬间不计时间，可以在这个黄昏放下重负，静静养病，看看雪，甚至可以看看动画片，哼一支歌，写几行歪诗。这些都是一个鲜活生命的权利，是一个生命对自己必要的责任和义务。我真想将这漫天大雪中属于女人的那份情怀人为地注入给她，哪怕只是在这个黄昏，在我想喝酒而她病痛难忍的时刻。但是，一个是婆婆妈妈的小女人，一个是理性十足的教授，到底谁能说服谁呢？

她曾经给我讲过一个她辅导过的抑郁症病人。她说，那个老者，每到大雪天气便觉得无处藏身，情绪会坏到极点。所有的药物对他都没有太大作用。但后来发现有一件事会让他很快缓解，那就是写信，以一种极为传统的格式写信给他远在海外的同窗老友。毛笔宣纸，正楷，竖行，用繁体字。凡有修改处必在信尾加以注解说明，而且注明此信是否留有底稿，誊写几遍。在这种过程中，他会感觉他回到了他的世界，是最好的享受，感到踏实。踏实得可以忽略寒冷，欣慰于漫天大雪。她依然是站在心理学理论的角度，解析老者的心理，并找到了答案。她很明确地说，老者的抑郁来自严重的情怀缺失。她认为她太明白了，所以为这个答案付之一笑。那种笑容里甚至有轻轻的嘲讽。这种嘲讽再次诠释她众人皆醉我独醒的优越。情怀缺失，这么明确的答案，在这个雪天，在病中，在这个满目冰冷、倍觉疼痛的黄昏，怎么不借来一用，解救一下自己？哪怕仅仅是缓解一下病痛。

电话中依然有她断断续续的话语。继续问，几点了？

我说接近黄昏。

她又问，到底几点了？

我说接近黄昏。我喜欢"黄昏"这个词，就像喜欢"时辰"一样。当"时辰"遥不可攀的时候，我就用"黄昏"代替。特别是有雪的黄昏，我怎么忍心让自己干巴巴地去读一个阿拉伯数字？

……

我说雪下得很大，雪片也很大，是漫天大雪。地面全白了，树也白了，房子也白了，有点像欧洲童话里的大雪。雪中的腊梅已经点点绽放，飘出清香。我强迫她接受这场雪，关心这场雪。我固执地想，哪怕能在她心头撒上几片雪花，病痛一定会减轻些。我说，别哭，你想吃什么，我去买菜，过去给你做晚饭。

她沉默了一下。然后说，你想吃什么就买什么吧。

我说，我想喝酒。她沉默了，然后苦笑。

我站在雪地里,将写在手机里的一首短诗发给她:

雪中那个女子
守一盆炭火
执一壶热酒
慵懒地伸展腰肢:
什么时辰了?

青花瓷眨眨眼,轻启朱唇:
晚来天欲雪,
能饮一杯无?

意外地收到了她的回信。她居然说,想喝就喝点吧,身体允许吗?

我说,亲爱的,谢谢你。今晚,我会为我们暖暖地煮一壶女儿红,加几片生姜、几粒枸杞,然后再加两枚酸梅和冰糖。味道一定很好。

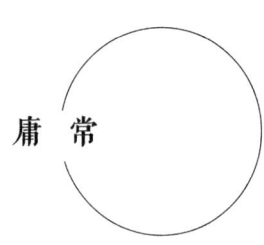

庸 常

我想知道,手机是在什么时候闯进了我们的生活、我的生活。无法数清一天中打了多少电话,接了多少电话,对着电话说了些什么,听了些什么,我和谁在说话。直到下班回家的公交车上,手里依然紧紧抓着手机贴在耳朵上,不停地说。在这个时代里,手机是一台聒噪的机器。而我,因为与手机的密切,也成为一台聒噪的机器,嘈杂、混浊、歇斯底里,筋疲力尽,像混沌沉闷的梦。走下公交车的时候,发现手机皮质的外套与左脸之间居然因贴得太紧而生出了一层黏糊糊的汗液,将一缕无辜的头发捂得水湿。有汗流浃背之感。其实才刚刚进入春天,花未开,柳才绿。一阵风吹过,我仿佛从梦中醒来。哦,春天的风,真好。

我想回想一下刚才最后一个电话的内容,然后再回想今天一天的电话,至少是比较重要的电话。但是想不清楚,一点都想不清楚。这让我懊悔。这种状态辜负迎面而来的这一缕春风,辜负我此刻的清醒。手机屏幕上只是清晰地显示着 10086 的信息提示:"您的电话已欠费 0.28 元,请及时交费",同时屏幕上还出现了"电量低,请连接充电器"。这些提示,是这一天最清晰的内容。

我是这样渴望清晰。哦,清晰一点,再清晰一点。这是我每天梦醒时分祈祷般的渴望。但是所有的梦很少有清晰的时候。比如今天早上,从梦魇中醒来,像是背着千斤重负走过了千山万水,走出了重叠拥挤的荆棘丛,浑身酸痛,筋疲力尽。我很想知道我梦中的劳苦到底是为什么,我听了什么,做了什么,我浑身的疼痛来自哪里。但是我理不清,我什么都不知道,什么都不记得了。我快速搜寻梦境中是否有代表吉兆的好梦。吉兆,是滚滚红尘中最大的梦想。此刻周公好像就在我身边,因为他老人家那些怪异的解梦理论悉数在我耳边跳跃。鱼主财,水主财……但是,我的梦中好像没有鱼,也没有水,甚至没有树木和鲜花。我很失望,再度绝望地跌落进无边的黑暗里。天还不亮,听不到鸡鸣,我知道,我还躺在黑夜里。于是,我摸索着,从床头柜里摸出录音笔,黑暗中打开简单的操作按键,开始听英语短文,让一种标准的、清晰的、与混沌的梦境毫不相干的异国语言作为一种解救,把我拖离梦魇的缠绕。而白天,居然也会有这样的时刻,在这一整天忙碌和成堆的电话之后,再度感觉头昏脑涨,浑身酸痛,筋疲力尽得像是梦游。终于走下公交车的时候,我便迫不及待地大口地呼吸,呼吸饱含着悬浮物和汽车尾气的城市空气,希望多呼进一些氧气清洗一下混沌的神志和躯体的脏器,尽快脱离梦游状态。

我穿越了一大片人工绿地,依然像梦一样。不过,这个梦稍显祥和。绿色,是生命的色彩。我的脚步速度很快,没有来得及看清脚下种植的到底是什么草,里面是否混种有我希望看到的小花。但我清晰地感觉到它刚刚被浇灌过,草的叶梢上挂着沁凉的水珠。这些水珠像一群可爱的精灵,活泼而真实地打在我的脚面上。我感觉我接到了地气。呵,地气,这个土得掉渣却高得让人仰望的词汇,真好,真安慰人。

接了地气,我仿佛醒了,或者说是活了。像被晾在烈日下的鱼被上天淋了几滴雨,有了暂时再活几分钟的可能。这时候我才发现,我的挎包真大,大得遮了我通身体积的三分之一,从腰部到大腿中部。而且这个硕大的挎包塞得满当当的,被一根足有五厘米宽的带子牢牢地系在我患有严重肩周炎的肩部。包里有两本书,一串足有十五把之多的钥匙,有手机、充电器、备用电池、可以连续使用十三个小时的上网本、一个装有几张纸币的旧钱夹、公交卡、袋装咖啡、晕车药……几乎是我的全部家当。但无论如何满,如何沉重,总是有所缺乏,供应不足。比如此刻,它就缺乏一瓶水或果汁，一包饼干或一块烧饼。因为我不仅口干舌燥，而且很饿，我感觉饥肠辘辘。

　　回到家里的时候，三岁的小儿子，正在客厅摆阵，大大小小的塑料怪兽机器人把狭小的客厅挤得像个未来世界，杂乱不堪。而我，却因此一下子进入一个真实的世界。我小心地踮着脚尖儿从怪兽的缝隙中挪动，步履认真而小心。很奇怪，在这个小家伙面前，我常常有难得的清醒，无论多么累，多么忙，在多么混沌不清的时刻。因为这个小人儿的眼睛让我无法辜负。他望着我的时候，眼神永远是干净清澈的，干净清澈得让我惭愧，让我觉得人世间的混浊对他是一种负债。我真不好意思，让他一出生就被喧嚣的尘世吓得哇哇大哭，第一口呼吸就要吸进含了大量汽车尾气甚至雾霾的空气，让他一出生就注定将来要手脚并用去努力生活。我欠着他什么，这个世界永远欠他什么。我自觉地背负这个世界欠孩子的所有东西。在他面前，我是清醒的，小心的，甚至是虔诚的。我没有理由不尊重、保护他的世界，更没有理由打扰他的天然干净和仅有的童真快乐。当我把身体埋在陈旧的沙发里，他便猴子一样利落地爬上我的膝盖，抱我，亲我，激动得语无伦次。他急不可待地告诉我，他为怪兽编了歌：

怪兽有老大呀
怪兽真厉害呀
橙子战宝有刀呀
菠萝吹雪有炮呀
果宝机甲会飞天呀
怪兽会钻地呀
……

　　咿咿呀呀的歌声，带着甜甜的奶香。我抱着他，闭上了眼，任凭他的歌声像小虫子一样在我耳朵里爬游。哦，真好听，真好听。他唱得更起劲了，一遍，又一遍。哦，真好听。散发着淡淡霉味儿的布艺沙发舒适起来。渐渐的，我感觉我们相拥于一片明亮的天空下。蓝天，白云，小鸟，鲜花，天堂般的地方。而我，则是一个真诚而幸福的观众。我要睡着了，我要舒服地睡着了。

小儿子期待着我的夸奖，他的喊声把我从一个柔软的梦里唤醒。他把两只小手捂在我的脸上，使劲地晃动，问我他的歌唱得好不好。我赶紧在嘴角挂上了微笑，因为他喜欢我笑着对他说话。我觉得我也应该笑着对待孩子。所有人都应该笑对孩子。孩子需要所有人笑对他们。面对天使，不该有其他表情。我向他伸出大拇指，说真棒。于是，他欢天喜地滑下我的膝盖，几乎欢呼雀跃。孩子，就这样容易满足。孩子满足的时刻，我也醒了。好像是真的醒了。

我认真地把他的歌词记录下来，存在电脑文件夹里，还把我为他写过的几首儿歌也放在一起。我专门为他建立了一个文件夹，盛装他的、有关他的所有作品。这些小东西，不同于其他文字，它们干净可爱，温暖生动，纤尘不染。这里是一块小小的春田，棵棵小苗好好成长吧！无论如何，我要在这个有着16G记忆空间的天地里，为它留下一片处女地，一个家园。孩子的，也应该是我的吧。我醒了。散落得一塌糊涂的许多事情，在脑海里渐渐清晰起来，今天的，明天的，需要记忆的，需要认真去做的。

与民政局联系，帮一家山区贫困户申请低保。

女儿申请读研，要与我交流申请报告。

一个表妹持续低烧，要我陪她去找那个我熟识的老中医。

一个朋友的儿子口腔溃疡，我要去送复合维生素给她。

一个朋友的小说出版，拿了不薄的版税，我要去祝贺。

交本周的政治学习笔记。

晚七点有个讲座要去听，地点在某大学的多媒体教室。

家里孩子喜欢吃的佬米酒吃完了，该重新做了……

这些事情都很真实，让我一点点完整地盘点。如同小儿子挤满怪兽的未来世界，真实地摆在我的眼前。一件都没忘，一件都不会忘，一件都不能忘。我盘点，再盘点，生怕有所疏漏。掐指算算，离睡觉时间还有几个小时，或许还会有新的事情出现。我不怕。甚至有淡淡的期待。时间，生命，分分秒秒，点点滴滴，永远不会有空白。人间琐事，永远不会停滞。生活，永远不会静止。比如，小儿子会随时从墙角处或床底下扒出几样宝贝，喜欢得手舞足蹈。而我，也许还会接到一个电话，或是突然想起一件今天漏掉的事情，然后惊喜而无奈地加入明天的日程，如一粒小小的种子，挣扎出一点微薄的希望。

冬日阳光下的父亲

对父亲的记忆，如珍珠，少而又少，是一粒一粒的。

和父亲在一起生活的时候，不过五岁，对父亲的记忆是单纯而且模糊的。知道回想父亲，仔细品味父亲，是在我成年之后，做了母亲，做了长辈，有了养育孩子的体会之后，逐渐明白的。仔细回想，那时父亲是在一个机械车间工作，属重体力劳动。他没有自行车，每天靠步行上下班。父亲是辛苦的，但是我却是快乐的。每次在家门口玩耍，接近午时或是黄昏的时候，总是能很踏实地等到下班归来的父亲。当时并不懂得体谅他，尽管父亲身材瘦小，我还是觉得他是世界上最有力量的人。只要看见他下班归来，我就会跑上前去让他抱，用沾满泥土的手在他本来就油腻腻的工作服上抹来抹去，甚至往他的脸上乱蹭。有时候我还可以从父亲手中接过几双他干活时不舍得用而节省下来的雪白的棉线手套，快乐得像小鸟一样，得了财富一般把父亲丢在身后转身跑回家。那些手套是父亲能够给我的为数不多的惊喜，那时候的父亲没有更多的财富。尽管那些手套对于我来说没什么用，但那雪白的新色，让我莫名地喜爱和骄傲。而父亲，永远是那样不急不躁地嘿嘿笑着，不紧不慢地叫我一声"小疯子"。我从未回头看过父亲的笑容，但从那声宽厚而慈爱的声音里，我能知道父亲的笑脸会有多么可亲。

幼年的生活中，我记忆最深的是父亲的怀抱。隐约记得夜晚的时候，吃完晚饭全家人总是要聚在一起聊一会儿，坐在昏暗的油灯下讨论一些柴米油盐工资粮食之类的事，那些干巴巴的话题对于我来说味同嚼蜡。于是我就像爬大山一样在蜷坐于油灯下的父亲身上淘气，揪他的耳朵，抠他的鼻孔，甚至掰开他的嘴巴摆弄他的牙齿，让他一次又一次龇牙咧嘴，躲来躲去。有时候母亲烦了会拿眼睛瞪我，但父亲从没发过脾气。他会伸出双手，一下子把我和弟弟揽进他的怀里，让我们每人坐他一条腿，揽着我们"开火车"，嘴里喊着"呜——哐嘟，哐嘟"打着节奏。这时候，我们感觉就像躲进了一座安全的城堡，再也不会顾及母亲的目光，在父亲的火车上笑得喘不过气。成年之后，我常常想起那一节温暖的车厢。当时我和弟弟还缠着父亲，问他，真火车坐起来是一样的吗？父亲说一样。我们就缠着他带我们去坐真火车，父亲就像答应给我们买烧饼时一样答应得很爽快。父亲每次带我们去买烧饼的时候，总是问我们要圆的还是要方的，我们就异口同声地说圆的方的都想要，父亲便真的笑呵呵地给我们每人买一个圆的，再买一个方的。但是父亲却没有带我们去坐真火车，我们在一起的时日太短暂，父亲没来得及带我们坐一次火车，就因为婚姻的变故离开了我们。

父亲是不幸的。他在我们尚不谙世事，丝毫不懂人情世故的时候，便因家庭的变故离开了我们。他曾经对我们的养育之恩在这种亲情的断裂中几乎被泯灭。甚至在淡忘这些模糊记忆的过程中，我们会在别人并不公正的议论和指责下，对父亲生出某种隐隐的仇恨。每当我提起父亲，小妹便说，奇怪，我们生活在一个家庭里，你的记忆你的感觉我怎么一点没有。她当然没有，因为她小我四岁。父亲离开的时候，她刚刚学步。我甚至不记得父亲是否抱过小妹，只是隐隐约约记得一次雨天，父亲躺在床上教小妹叫爸爸。

幼时对父亲的记忆只有这些，而且早已深埋进岁月深处。远离父亲的岁月里，我们没有想到回味这些东西，破碎的家庭带给我们的伤害，销蚀了许多柔嫩的情感。直到我上中学的时候，因为我心灵上的阴冷导致的某种虚荣心，在我的摆弄下，父亲又道具般地晃动在我的生活里。这时候的父亲已经成家多年，有了新的家庭和子女。他后娶的女人没有工作，儿子也患有严重的残疾。他虽然不再养育我们，但他却背负着常人难以想象的沉重的生活负担。所以，在我眼前，他的背影是单薄而尴尬的，总是来去匆匆。每次学校让家长签字，特别是强调必须父亲签字的时候，我就艰难而羞涩地在父亲经常路过的路口等待他，对他说话的口气形同路人。我低着头直接把钢笔打开，递给他，把成绩单上签字的空白处指给他，很不客气地对他说，要他"代"家长签字。然后就把眼帘垂得更低，沉默地等待。而这时候父亲总是艰难地笑着，脸上的肌肉近于僵化。他机械地顺从着，屈膝蹲下，在膝盖上一笔一画笨拙地写上他的姓名，有时候，还认真地在名字后面画上一个句号。这格式上的错误，更让我沉默，从心灵到语言死寂般地沉默。沉默中我也更清醒，我起了大早匆匆赶到这里，冒着寒风等待的父亲，他能给我的只是虚妄简单的几个字，更虚妄地证明我也有父亲。而且这个证明只为了给别人看，对我，则是一种自欺。他带不来任何我真正需要的东西，无法抚慰我内心对所谓的父亲的渴望，对慈爱、温暖、依赖、自豪、骄傲，甚至无忧无虑的渴望。学校门口也出现过父亲的身影。我想他是像我一样，是故意在我上学或是放学的时候，徘徊在我必经之路上等待着见我。他总是装出一副意外遇到我的样子，总像是突然想起什么似的，从口袋里摸出一支圆珠笔、一盒药用的山楂片什么的塞给我。只有一次，他不再装得若无其事，而是大胆地说他是专程来为我送本子的。他给我带来了几本报表纸，让我当本子用。可能是那厚厚的一沓报表纸让他感觉这种礼物够分量了，他也从这种分量中找到了做父亲的自信。他表功一样对我说，这些报表纸他存了好几个月，每月做报表的时候，他就故意从总务那里多领出来一些。那天他说话有着少有的流畅。那个年代纸张奇缺，那些本子带给我的惊喜不亚于当年那些雪白的手套。我拿了那些本子到教室炫耀，一遍又一遍地告诉同学是我父亲送来的，还炫耀似的把父亲的背影指给同学们看。当热闹的同学们一散开，我便满心酸涩，其实那时候更应该仔细看看父亲的是我，对我来说，那是一个陌生的身影，他与我的距离，比任何一位陌生人都远。有不少同学羡慕，问我能不能将那些报表纸分给他们一些，那些在学校难得见到的细腻纸张确实诱人。我没有分给谁，自己也没有用，而是把它放进了一个很隐秘的角落里。一半是珍藏一半是回避，不愿触摸也不愿忘记。多年后我又翻到它的时候，我发现其实那应该是一种幸福，再次触摸到它们，我的心底竟然泛起了些许的温情。所以我说，对父亲的记忆，像珍珠，它是有光泽的。

  我结婚的时候，为了不使高堂位子空着，在亲友们的劝说下，我请来了父亲。我依然是在他必经的路口，截留般地告诉他，我要结婚了，请他坐高堂。他也依然是机械般地顺从着，答应着，还从口袋里摸出七十块钱，结结巴巴地说，你，看，该买什么买点什么吧。我原来也想过，到你长大了好好补偿你，可是……

  我结婚的前一天，他真的以父亲的身份应酬了大半夜客人，而且说话完全是父亲的口吻。当客人们开口闭口对我说你爸怎样怎样的时候，我蓦然感到我做了一件多么傻的事，甚至有一丝莫名的耻辱袭上心头。这个感情上离我这么遥远，不曾养育我长大成人的人，这个时候怎么可以坐在这里，做我最亲的人。我也突然发现，无论我怎么勉强，怎么被虚荣心撑着装模作样，心里都已装不下父亲这个称呼，或者说找不到这个概念。高堂这个位置其实空着更好。直到我身穿嫁衣走出家门的时候，我的酸涩和泪水淹没在鞭炮、唢呐声和亲友们的嬉笑声中的时候，我突然清晰地听见了父亲的哭声，很真实的哭声，沙哑，压抑，低沉，断断续续。那是一个男人的哭声，一种陌生的哭声，我的岁月里不曾听到过也无法想象的哭声，是我的心里无法承受它的回荡的哭声。突然间，我泪如泉涌。我第一次发现，在亲情面前，我是如此脆弱。

父亲退休之后，他说想帮我带孩子，说得很没底气。我很意外，他怎么可能为我带孩子？我的孩子怎么会交给他带？我怀疑他用意的虚假，不屑地猜想父亲内心到底在想什么。甚至我还想到一句更为不屑的话：打什么算盘？有一天，父亲为我的女儿送来一件小玩具，是个小木鱼，还带了一把相当精巧的小木锤儿。他说有一次他看到我的女儿跟邻居家的孩子争过这样的玩具，所以他就一直留心要为她买一个，而且要好过邻居家的。我仔细想想，有这么一回事。那天父亲看起来很邋遢，指甲又长又黑，头发理得也很糟糕。他把我花朵一般的女儿抱在腿上，呜呜地开火车，除了他们混合在一起的那种快乐的笑声，画面看起来很不协调。父亲趁着我的女儿最开心的时候，讨好般地给我讲他年轻时候的经历。他说他来到县城的时候，是从大山里土匪的伐木队逃出来的，是八月十五的晚上，领了一块月饼趁夜深时跑出来的。后来迷了路，一天一夜才走出大山。他说一路上不时地听见狼叫，打死了七条蛇。他还说路上遇到国民党的溃军，如何抢了他的鞋，他如何找到长官理论，那长官又如何惩罚了那个士兵，为他讨回了鞋子。后来如何成了家，母亲生我的那一天，天气是多么热，我出生后是多么怕蚊子，我刚学会吃饭就爱吃带馅的东西。他又讲了许多遍，一直不怎么流畅。因为脑梗塞后遗症，晚年的父亲说话时总像是嘴里含了石子，言词拐不了弯，口齿不清。尽管如此，他一遍又一遍不厌其烦的重复，像一串愈来愈深的足迹，清晰地显露在我的面前。当他的叙述渐渐成为我的记忆，而且在我的脑海里形成了一连串无法磨灭的影像的时候，我认知了父亲，也认知了我是父亲的女儿。

父亲病了，打电话给我，他说，你能回来看看我吗？

回来，回哪儿？一个"回"字竟让我百感交集。

随着父亲的声音，我去了一个家，父亲的家。我第一次在一个被称作家的院落里叫了一声"爸"。他正拄了拐杖坐在院子里的一张八仙桌旁,听到我的叫声,缓缓地转过头来,缓慢得无比凝重。我对父亲的记忆从来没有年代,没有季节。而这一次我却清楚地知道是在冬季,一个寒冷的深冬。那天阳光却惺忪明媚,把父亲暖暖地包围着,父亲的脸,父亲的皱纹,父亲的白发,父亲那又长又黑的指甲和挂满尘土的鞋子,全都在我那声飘浮的呼唤里静止般地安静下来,在阳光里,如此清晰。

在外婆膝下的日子

一

我人生的最初记忆是从一棵大桐树开始的。外婆说那棵树是她亲手种在我们家的小院里的,十三年后就长成了一棵大树,需要两个人合抱才能抱得住。大桐树十三岁的时候,说不清我是几岁,是两岁或是三岁?

那一年立春的时候,外婆牵着我的小手扶着大桐树,教我说"桐树长,我也长,桐树长大做栋梁,我长大了穿衣裳"。那是我生命中的第一首歌,无忧无虑的歌唱。

春天里桐树花开的时候,大串大串的紫白相间的桐花,挤满枝条,总是有一阵子看不到树叶。浓郁的花香拌在惺忪的阳光里,空气好像变成了稠糊糊的东西。我闻得都有些累了,想找个地方去透透气。花香招来了成群的蜜蜂,飞来飞去嗡嗡地叫着。外婆正在灶房忙碌,我就跑过去,拉着她的衣襟告诉她外边来了好多苍蝇,是黄色的。外婆笑了,说那是蜜蜂。于是在那个春天,我知道了蜜蜂,知道了那是一种勤劳而且会从花朵里采糖的小东西。也知道了小喇叭一样的桐花里藏着诱人的蜜糖。

我贪婪地揭开一朵又一朵桐花,发痴般地寻找里边的蜜糖,实在找不到就去缠着外婆给我找。外婆便在笑骂中拿起一朵花来,摘掉花上的小帽子,把花朵又白又嫩的根放在我嘴里,果然很甜。

闲暇的时候,外婆教我用花朵的小帽子扎上一根小竹签儿做烟袋锅,学着老爷爷的样子叼在嘴里,好玩极了。小小的制作启发了我许多想象,也融入许多乐趣,我一连做了好多好多,宝贝似的塞得衣袋里枕头下到处都是。那有趣的玩具应该是我记忆中最早最朴实的工艺品了。只是外婆怕那竹签刺伤我，在我睡着的时候全都拿去扔掉了。后来外婆告诉我是耗子偷去了，我深信不疑，是啊，这么好玩的东西耗子一定也喜欢。

玩够了，也玩累了，我的小花山就被外婆收起来洗干净拌上苞谷面做了桐花饼，饼的味道我现在已经记不起了，但我站在灶边流着口水等待吃饼的馋相，还依稀记得，只是没有外婆记得清楚。

我一直觉得夏天的大桐树好像一座大房子，绿色的房顶里边藏了很多很多知了。中午的时候，知了的叫声此起彼伏，淹没了阳光热浪和所有的声音。而外婆的瓦屋是一排安静的小房子，如一群听话的小孩儿，藏在大桐树浓密的树冠下，就像我在天黑或是下雨打雷感到害怕的时候藏在外婆的怀里一样。

有了大房子的遮护，小房子里边很凉爽。天热的时候，特别是中午前后，外婆就把我关在小院里不让我出去，她总是虎着脸说外面正在下火呢。

外婆喜欢在屋子里的青砖地上洒一点清水，扫得干干净净，铺上一张凉席，让我躺下午睡。草编的凉席很舒服，下面仿佛藏着丝丝凉爽的气息，浸绕着我。说来也奇怪，有时候玩过家家，玩着玩着就睡着了，有时候让外婆抱着听故事，听着听着也睡着了，偏偏外婆让我睡觉的时候，我就睡不着，而且特别兴奋。于是我就想办法淘气，在凉席上学翻跟头，笨拙的姿势惹得外婆忍不住笑。我就看着外婆的笑脸笑，越笑越兴奋，越觉得什么都可笑，笑得叽叽嘎嘎的喘不过气来。这时候外婆就举起手佯装要打我，说再笑要笑傻了。我就一头扎进外婆的怀里，我知道外婆不会打我，她脸上还挂着笑容呢。

于是外婆就悄悄地告诉我，等我睡醒了给我买冰棍，神秘的神情仿佛怕别人知道了要跟我争，其实家里就我们俩人，我们说话是不会有人听见的，更不会有人和我争什么。但我还是学着外婆神秘起来，不管说什么，都伏在外婆耳朵上当悄悄话。我渐渐地安静了，外婆就在我身边躺下来，轻轻地拍着我，轻轻地应着我。

我午睡醒来，一看外婆不在身边，就一骨碌爬起来，揉着眼睛叫外婆，叫着叫着就哭了，就像外婆真的已经丢了似的。这时外婆就放下手中的活计踮着小脚往屋里跑，往往是人未到声音先到，乖，不哭，来了，外婆来了。

我和外婆都没有忘记冰棍。那冰棍装在街对面的老太太的小白木箱子里面，被老太太用白棉被包得严严实实，我就想，天这么热，冰棍还怕冷吗？

外婆的硬币装在衣襟底下，需要掀起大襟再撩起小襟，然后掏到很深的地方才能把它捞出来。我的眼睛一直盯着外婆的手，生怕捞不出那枚硬币。

吃完冰棍洗手的时候，外婆就让我把穿冰棍的小木条洗干净，晾起来。一个夏季我竟然存了一大把。那可是一笔巨大的财富，让邻居家的孩子们羡慕不已。

外婆在院子里捶毛豆的时候，大桐树的叶子开始飘落了。那飘落的叶子十分好看，大多是较小的叶片，半黄半绿，有的黄色和绿色染在一起，像是黄色上面撒了绿色的小点点，又像是绿色的纱布盖黄色的没有盖严。这时候外婆总是很忙碌的，她头上包着毛巾，一会儿低头捶豆子，一会儿抓起豆秧翻着。我拿漂亮的树叶给她看，她就让我到一边玩去，说捶出来的豆子给我做豆腐吃。豆腐虽然诱人，但我趴在旁边看来看去，全是豆秧，哪里有豆子啊？于是我就伏在外婆背上，搂住外婆的脖子，随着她捶豆子的身子晃来晃去，外婆终是停下手了。外婆并没有怪我，她好像从来都不会对我严厉，反而还夸我，哟，这么多落叶，真是好看啊，怪不得孩子喜欢呢。

那你为什么不看？

外婆老了,眼睛花了。

外婆拿起笤帚来扫那些落叶,一边扫一边说,乖,会帮外婆扫地吗?看着外婆一点一点把落叶扫在一起,聚成一座小山,我觉得好玩极了,就争着要外婆手中的笤帚,聚精会神地扫落叶。

外婆又开始捶豆子。一边捶,一边像是自言自语地说话,乖,长大了,会帮外婆干活了,好孩子,乖孩子……外婆的话语像一首美丽的歌谣,轻轻的,柔柔的,流进我的耳孔,流进我的心田,像用手掌轻轻地拍着我,让我有一种睡觉前的舒适和安静。也许我就是这样学会扫地的。

当我穿上外婆为我做的漂亮的花布小棉袄的时候,大桐树却掉光了叶子,光秃秃的枝干全裸露在外面,像一个没有穿衣服的男人,又僵硬又丑陋。小院因为没有了绿叶的覆盖,也暴露在蓝天底下,又瘦又小。

我开始变得爱睡懒觉了,或者说是醒来后不愿起床。外婆叫我起床的时候,总是说太阳晒到屁股了。我说外婆你又骗人呢,我又不是大桐树,隔着房子,太阳怎能晒到屁股呢。外婆就笑了。说是外婆说错了,是该起来吃饭了,不吃饭就长不高了。

她就拿着我的小棉袄在煤火上烤,先把手插进我的小袖子里,撑开袖口对着火口烤,烤完一只赶紧把手退出来,把烤热的袖子团起来,再烤另一只。我躺在暖暖的被窝里,像欣赏表演一样静静地看着,外婆的手显得有些粗大,烤完袖子往外抽的时候,总是有些艰难的样子。我就忍不住地笑。

外婆喂我吃饭的时候,我才发现我的饭是被外婆盛出来盖进碗里暖在火上的,是不会凉的。小院里的阳光虽然被裸露的树枝割得斑斑驳驳,但还是很温暖。冬天,外婆的小院里的地面永远是干净的,没有落叶,没有豆秧,就像天空一样,虽然没有好看的颜色,也没有乌云。太阳升高了,外婆就带我坐在院子里晒太阳。我说冻脚,外婆和我一起跺跺脚;我说冻手,外婆就教我搓搓手。

外婆的脚有点可笑，小小的一点，跟我的差不多大，但是没有我的脚好看。我的脚又圆又软，而外婆的脚趾全藏在脚心里去了。所以她和我一起跺脚步的时候，像喝醉了酒，摇摇晃晃总像要跌倒的样子。我就笑她，又怕她跌倒，赶紧伸手抓住她的手。于是该轮到外婆笑了，她说我真是乖孩子，真是长大了，知道疼外婆了。

外婆说她没上过学，我却觉得她认识好多好多的字。因为她除了教我1像小棍2像小鸭3像耳朵，还教我写王、人、口。就在小院的青砖墙壁上，外婆拿粉笔写一下，我跟着学一下。那一年冬天，在小院温暖的阳光下，外婆教我认了十几个汉字。

我幼年的哭笑与记忆，伴随着外婆的慈爱与希望，与大桐树浓浓的树荫一起长在我的人生记忆里了。

二

五岁那年，我被送进了学校，是正规的五年制小学。

天气刚刚进入八月，知了的叫声还连续不断，那天外婆在太阳下晒了满满两大盆清水，为我洗澡，清凌凌的水在阳光下闪着耀眼的光亮。有一片黄叶从大桐树上飘落下来搭在盆沿上，那水便在阳光下颤动起来。

给我洗头发的时候，外婆对我说，要上学了，做了学生不讲卫生老师是要挂黑旗的。那天外婆在院子里的青石上砸碎了两个大皂荚为我洗头发，皂荚清香的味道和外婆慈祥的笑语混合在一起，是我记忆里外婆的气息。我隔着湿漉漉的头发看到外婆慈祥而平静的笑脸，还看到了外婆豁豁牙牙的老婆牙。

是外婆领我去学校报的名。我背着外婆从天津给我带回的军绿色小书包，书包盖儿上用大红油彩写着"好好学习，天天向上"，中间是一个毛主席头像。书包里除了一个小本子，还有一个在整个班级都独一无二的转笔刀，一个蓝色的圆盘子上站着一只小鸭子，削铅笔的时候，小鸭子会啄米一样地点头。那个转笔刀和我的小书包一样，是外婆在早几年去天津我的一个表姨妈家的时候为我买的，一直放在外婆床头的大木箱里，每年外婆夏天晒衣服的时候，都要翻出来放在阳光下晒一晒。而那个转笔刀，外婆怕我年幼不懂事会把它玩坏，是放在箱子的最下面的，也就是我找不着拿不到的地方。

我们的学校当时叫红旗小学，又叫陕山庙，是陕西和山西的商人们留下的一座庙宇改建的。学校门口有一杆很有名的铁旗杆，高高地竖着，仿佛插进了云霄。学校内的建筑物原样不变，只是清理了神像，房子还叫大殿东殿西殿，我们的教室就在大殿的东头，屋里有二十来张课桌。外婆牵着我的手走进去的时候，一位白发苍苍的女老师坐在讲台上。老师不时地眨着眼睛，而且眨得很夸张，一下又一下使劲地挤，后来我知道老师有眼病。老师古怪的表情让我很害怕，我使劲抓住外婆的手，不敢呼吸，第一次紧张得能听到自己心跳的声音。

老师说话倒是挺温和的，她问我几岁了，家里几口人，会数多少数，认了几个字。我低着头一一回答。外婆和我一样紧张，她的手心里满是汗。当我回答老师家里两口人，是外婆和我的时候，外婆很拘谨地笑着向老师解释说，小孩子不懂事，还有爸妈呢。我更胆怯了，我发现外婆也有些怕老师的。

外婆依然是拘谨地从衣襟下摸出了一卷纸币，第一次为我交了学费，一共是八毛钱。外婆掏钱的动作使我想起了她每天午睡后为我买冰棍掏硬币的情景，竟然伤感起来，有一种深深的失落感。不得不承认五岁的我已经多愁善感了。

回家的路上，我又看到了马路对面那个卖冰棍儿的老太太，看到了那个我熟悉的白色木箱，我再也压抑不住心头的失落了，哇的一声哭了，哭得好伤心。外婆一把把我抱起来，一边给我擦着泪，一边喃喃地说，好孩子，不哭了，总是要上学的，人总是要长大的。外婆越说，我越是哭得厉害，哭得天昏地暗，我伏在外婆的肩上，泪水鼻涕湿了外婆的衣裳。

走过国营食堂门口的时候，外婆掏出了口袋里最后两毛钱，买下了食堂门口那张油腻腻的圆桌上已经被午后的阳光晒得有些发黑的几块小油饼。两毛钱一共称了六块，外婆递给我一块，把其余的五块包在手绢里。这些动作是外婆经常有的动作，但是那一天却让我铭记至今。

外婆说我是她的心尖儿，说我掉根头发她也心疼。我的哭闹让外婆也伤感了好几天。在外婆的伤感里、叹息里，在外婆每天送我上学时那不忍的目光里，在外婆每天早早地等在校门口接我时那孤独的身影里，我幼年无拘无束的日子结束了，绕在外婆身边无休止嬉闹的日子结束了。

第一个学期我们开了四门课，主科是语文、数学，副科是音乐和图画。我的小书包慢慢丰富起来，不仅有课本、作业本，外婆还为我买了一个铁皮文具盒，上面有一张《红灯记》中李铁梅的剧照。那个李铁梅浓眉大眼，高高地举着拳头，要砸碎旧社会的样子，很鼓舞人的情绪。还有一盒蜡笔，做图画用的，好像是两毛钱一盒儿。只是颜色太淡，无论用哪种颜色涂在纸上，都只是像涂了一层薄蜡，并不好看。图画老师在上图画课的时候，只是给同学们介绍了蜡笔画，并没有要求大家买。所以在全班同学中，拥有蜡笔的并不多，我是很有优越感的。

让我感到优越的不只是那盒蜡笔，得益于学前外婆对我的启蒙教育，我已经会写很多字，数也数得早就超过了100。因为姨妈是小学教师，外婆将她早就听熟的那些汉语拼音像唱曲一样地教给了我，所以，汉语拼音我也是倒背如流。老师很吃惊，她把我的名字和我每次参加测验的好成绩写到黑板的右上角，要同学们向我学习。

后来数学课要学习珠算，我就瞄准了家里那把铜轴铜框的小算盘，外婆说那是祖上留下的，外爷在世的时候常用。外婆常年很精心地把它包起来挂在屋梁上,隔一段时间就用鸡毛掸子掸掸上面的灰尘。和那算盘挂在一起的,还有一把小铜秤,枣木秤杆,铜秤盘,铜秤砣,精致玲珑。在我的印象里,这两样东西都是外婆的宝贝。

幼时常玩那杆小秤,我拿它称沙子,称落叶,只是外婆要守在我身边照看着,一遍又一遍地嘱咐我轻轻拿,轻轻放。因为眼睛老花,她总要眯起眼看那秤上的星星,告诉我什么是定盘星,哪个星是斤,哪些星是两,哪些星是钱。外婆温和地笑着说学吧学吧,无论是什么,学会了艺不压身。

铜算盘最终也随我进了学校,只是外婆怕我摔坏,每天送我去上学的时候,她帮我拿着,放学的时候就连同我的书包一起接过去。在那把算盘上,我学会了一上一,二上二,三下五去二。

第一个学期结束的时候,我考了双百分,是在我们一年级两个班里唯一的一个。外婆笑得合不拢嘴。过年的时候,她破例买了一串很长的鞭炮,在初一早上,用一根长长的竹竿挑着燃放。我很怕鞭炮的炸响,但又为那火光炸烈的热闹感到兴奋,捂着耳朵笑着叫着躲到外婆身后。直到鞭炮放完,硝烟散尽,要吃饺子了,我和外婆还沉浸在快乐嬉闹声中。院子里炸碎的鞭炮的大红纸屑,像一朵喜庆的大红花盛开在洁白的雪地上,外婆说那朵花该是我的前程。那一年外婆还给我发了一张崭新的一元钱做压岁钱,说让我自己存起来交学费,我仿佛当家做了主人一样,把那张一元纸币放在床头的一个纸盒里,压在漂亮的糖纸的最下层。五岁半,也就是一年级的第二个学期开学的时候,外婆送我到教室门口,微笑着鼓励我自己向老师交学费。当我把老师找我的两角钱装进口袋的时候,我像凯旋的将军一般昂首挺胸看着站在教室门外的外婆,她正朝我赞许地点头。

我长大了。

三

　　十三岁，是童年的尾声，少年的开始。那一年我的个儿长得特别快，拿外婆的话说，是拔着长的。外婆看得最清楚，她不停地用手在门槛上比画着对我说，春天的时候，头顶在这儿，夏天的时候，头顶在这儿。还在上面用粉笔画了印儿。那粉笔印在那门槛儿上好多年，由白变黄，由重变淡，中间的距离大概是一指一指地长的吧。年长月久，那印记好像长在门槛上了，也长进我的记忆里。那是我长大成人的最详细、最原始、最真实的记录，是外婆亲手刻下的。

　　疯长的时候，正是大桐树开花儿的季节，我的腿老是在晚上抽筋儿，医生说是缺钙，需要补充营养。

　　从医院回来后，外婆就愁眉不展，连声叹息。整晚地用她粗糙的手抚摸着我的双腿，一遍又一遍，时而轻，时而重，直到我深夜醒来她还在唉声叹气。记得有天晚上月光很好，透过老式雕花窗棂，月光一缕缕洒在床前，洒在外婆的脸上。可能是美丽的月光又让外婆想起了嫦娥奔月的故事吧，她突然兴奋地坐了起来，说遍地都是草啊，怎么就没想起来喂几只兔子呢！外婆拍着脑门，连连责怪自己人老了，傻了。我猜不透外婆为什么深更半夜会想起来养兔子，迷迷糊糊地睁开眼睛，看到外婆笑了，在银白色的月光的映照下，她的笑容和月光一样静美。

　　外婆买了四只小兔儿，喂得特别精心。刚开始养在小纸盒子里，后来用砖垒了圈。外婆不停地割草，捡菜叶子，晚上醒来的时候还要起来看看小兔。但奇怪的是，外婆无论再忙，从不让我去喂小兔，而且不让我多看一眼，也很少跟我提小兔的事。两个月后的一天，午饭时竟然有兔肉吃。香喷喷、红漉漉的红烧兔肉，让我突然间明白了一切，外婆是不想让我对那些可爱的生灵产生任何感情，更不想让我目睹那残忍的一刻。我没有看到杀兔子的过程，兔皮已经早早地送人了。要为我增加营养，又不想让我的感情受到任何伤害，外婆了解我的脆弱。

其实我也是了解外婆的，她与我一样的灵肉俱全，情感细腻而丰富。回忆苦难往事的时候说到伤心处，她经常会哽咽得说不出话，这时她就假装咳嗽，掩饰她的伤感。小兔是外婆喂大的，有时候我明明看到外婆喂小兔的时候，眼中会透出近于慈爱的眼神。我无法想象，在亲手杀死这些她亲手养大的生灵的时候，外婆的眼神会是怎样的凄惨，她会不会落泪。在我吸收着兔肉的营养长大长高的时候，外婆那颗善良而敏感的心又是受着怎样的折磨。

十三岁，个长得快了，衣服便小得快。从春末夏初开始，外婆便坐在大桐树下，一针一线地为我做衣服，做鞋子。

那年外婆为我做的第一件衣服是一件豆青色的确良上衣，并不是新的，是用表姐的一件旧上衣改制的，工序相当复杂，先是一片片拆开，拆完了要拽掉老线头，一片一片地烫平，剪裁，像锁扣眼儿一样，一针挨一针地把每一条毛边都用手工锁上，然后是缝合，最后还得熨。这些工序手工做起来非常慢，需要足够的耐心，一整天工夫也只能锁上两三道毛边。所以那段时间，外婆仿佛坐成了一种固定的姿势：坐在大桐树下，戴着铜边老式老花镜，眯着眼儿，手里总有拉不完的长线。身边放着圆形的芦苇针线筐儿，筐儿里装着那团豆青色的布、五颜六色的缝纫线。每天放学回家推开家门儿，看到外婆静静地坐在小院中央平静从容地做针线的样子，我心中总有一种说不出的暖意，幸福感四溢。我会想起小红帽的外婆，那个住在浪漫童话里的同样是戴着老花镜的慈祥的外婆，会想起她送给小红帽的那顶红色天鹅绒帽子，会想起遍地的鲜花和蛋糕葡萄酒。或许这就是温馨。

穿上外婆为我缝制的新衣服，十三岁的我花枝招展。外婆又叹息了，她说你都长这么高了，我怎么会不老呢！但是我听得出来，外婆的这种叹息是幸福的叹息，她乜着眼儿看我的时候，脸笑成了一朵花。

那一年秋天，外婆还为我织了一件漂亮的毛背心。天蓝色，鸡心领，胸前还有本色的菱角花形。

那一年秋天，外婆还为我做了一双漂亮的黑色方口鞋子。白色的鞋底也是手工做的，细麻绳儿纳成的梅花状图案洁净得让我好长时间舍不得穿，实在不忍心把它踩在脚下。

那一年秋天，外婆精心喂养的小兔子在我们的小院儿里不停地繁衍，甚至我们不止一次意外地发现，不知从哪儿跑出来的一窝刚出窝的小兔，或三只一队，或五只一群，毛茸茸地拥着青草篮子觅食。

那一年秋天，外婆又养了一群小鸭子，也是不用喂粮食就能长大的小家伙，因为我们家附近就有一口小池塘，有它们捉不尽的小鱼虾。

有兔肉吃，有鸭蛋吃，十四岁的时候，我的身高长到了一米五六，差不多跟外婆一样高了。

那一年，我离开了外婆，回到了父母身边。我被母亲牵着手走出大门的时候，外婆站立在家里的门框前向我们挥手，但很快又背过脸去——因为她的眼里噙了泪水。而她的身后那个粗糙的原木门框上，画了数不清的记号。那些用粉笔做的记号，一次比一次高。

但愿人长久

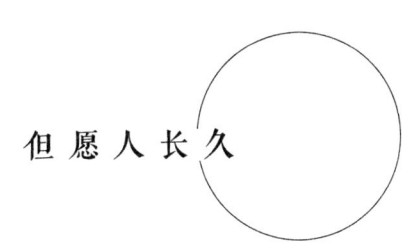

很多时候，面对亲人，除了祝福和关爱，心里总还有一种沉沉的东西无法表达，那就是让人永远眷恋的亲人之间的依存。

外婆是我们家里唯一的长者，已近百岁。四年前，她的一场恶疾，把我们姐弟拖入了与死神的殊死搏斗。至今我还清楚地记得那个梦魇一样的早晨，外婆突然肠胃出血，大口吐血。我们很清楚一个九十六岁的老人得了这样的病意味着什么。手忙脚乱中，亲朋好友劝我们赶快准备后事。医生在用了超剂量的止血药仍无济于事的情况下，也劝我们放弃治疗。这一切劝说充满人道，但我们却在痛哭中拼命地摇头。特别是与外婆朝夕相处十余年的弟媳，拉着我的手哭喊说，不行，不行，外婆只要还有一口气，就要治到底啊。为了不至于让亲友们觉得我们不领情，弟媳一遍又一遍地解释不会耽误后事，她说她和妹妹都会做缝纫活儿，到时候一切都来得及。在对外婆的救治中，弟媳是唯一的外姓人，但十余年的相濡以沫，已经使她们血浓于水。

外婆住院的一个星期里，我们仿佛是走过了七百年。每一天我们都忘记了日落日出，时时刻刻绷紧着每一根神经。我们轮流抱着虚弱得像一把棉花一样轻飘飘的外婆，就像抱着一个生命无比脆弱的新生儿，不忍心把她放下一分钟，为了让外婆睡得舒服一些，我曾经坚持用一个姿势抱着她六个小时。当弟弟把我换下时，我腿脚僵硬，好大一会儿走不了路。我们虽然谁都不愿意说出来，但彼此间心照不宣，都深信医生的话，外婆已时日不多了，在与外婆相依的最后时刻，我们都想让外婆在我们的怀抱里温暖一些。七天七夜间我们几乎谁都没有睡觉，不是跑前跑后地忙碌，就是暗自落泪。第五天，外婆由于失血过多严重脑缺氧而深度昏迷。我们要求医生输血，但医生说血库的血太冷，病人太虚弱，一旦出现输血反应，没有抢救的余地，是非常危险的。于是，我们就要求输热血，抽我们的血，一边抽一边输。医生无奈地摇头叹息。现在想想，当时确实很愚昧。我们对一个隔代的九十六岁的生命的挽留，感动了所有的医务人员，也感动了上苍。在最好的止血药不起作用，输不进液体，无法输血的情况下，医生破天荒地改用了近于偏方的治疗方法：把几种止血中药碾成粉儿，拌成糊状让外婆服下，直接敷到肠胃上。就在医生告诉我们血彻底止住了的那一刻，我们几乎欢呼起来，然而，也就在欢呼的那一刻，弟媳和妹妹同时晕倒了。

坐在外婆、弟媳和妹妹的三张病床之间，我想了许多，对于我们这个破碎的家庭来说，父母过早地离去，让我们过早地体会了失去亲人的不幸。我们为此孤独，为此悲凉，甚至于为此惊恐。小时候，每当夜深人静家人熟睡，一切寂静无声的时候，我总是不止一次地偷偷起床，拿手指试他们的鼻息，总担心他们会在无声无息中死去。我曾经在一首诗里写过：我惧怕生命的脆弱，面对亲人的呼吸，眼不敢眨动。对外婆的挽留，不是因为我们比谁更孝顺，而是外婆微弱的生命为我们承担得太多，她承托着一个家的完整，一份丰富而浓重的亲情。有老，有小，有孝敬，有疼爱，才是一个完整的家啊。从八岁那年我们姐弟三人跟外婆生活在一起的那一天起，外婆便是我们饱受伤害的心灵的温暖港湾，这个港湾里盛装着属于家的全部意义。外婆给予我们的一针一线、一餐一饭，尽管那么粗糙那么简陋，却让我们感到我们弱小的生命有所依托，风雨不会把我们吞没。我每天走进家门的第一声呼唤，就是外婆，只有听到那声苍老的应答，才能感到家是真的存在的。外婆的声音和她的衣襟对我们来说是岁月的天堂。我们需要这个天堂，永远需要。尽管人不可能永生，但至少今天，我们真诚地留住了它。

　　我们的家是两代两个女人撑起来的，一位是外婆，一位是我的弟媳。说来惭愧，在我发表的数十篇被朋友们称之为家庭文学的文章中，竟然对我的弟媳只字未提。不知道是我把这位可敬可爱的女人忽略了，还是因为她在我们的生活中融入得太深，太平实，就像我们的每一餐饭、每一件生活的必需品一样，不可或缺，更不容易被注意。在我们这个家里，弟媳可谓是地地道道的外姓人，但自从十几年前凭着媒妁之言走进这个家门，她就毫无怨言地担起属于这个家的全部责任，照顾年迈的外婆和那时尚属年少的小妹，起早贪黑，忙里忙外。在我的印象中，她从未吃过第一碗饭，从未睡过一个囫囵觉，甚至在家里困难的几年里，没做过一件新衣。如果说她的这一切付出是为人妻媳的传统义务，那么小侄儿的一句无忌的童言，则让我感动得落泪。有一次，小侄儿附在我耳边悄悄告诉我说："姑姑，妈妈说我们家有四个宝贝，一个是童童（我的女儿），一个是蝶蝶（我妹妹的女儿），一个是老姥儿（我的外婆），还有一个是我。"仔细想想，这么多年来，若不是贤淑的弟媳用孱弱的双肩和朴实的爱心遮挡着风雨，像对待宝贝一样呵护着年迈的外婆和这个家，我们的家将会是什么样子，百岁的外婆又将在哪里。其实，不经意中弟媳已接替了外婆，把这一家老小遮护在她的羽翼之下，悄无声息地温暖着滋润着，使我们的家更像个家。

　　还有我的小妹，是我们家里较为幸福的一个小公主了。外婆对她特别溺爱，我们大家对她也格外疼爱，生活一片阳光。但她并没有独享这片阳光，而是把幸福的光照回报给亲人。照顾外婆她心最细，喂外婆吃饭，她总是一勺一勺地试试温冷，给外婆梳头，总是轻而又轻，生怕拉疼了老人。她还以她特有的年轻气息、年轻的审美眼光，为外婆买来飘逸舒适的真丝绸衫、灵秀别致的绣花鞋子，把外婆打扮得花枝招展，打着漂亮的太阳伞用轮椅推着外婆去幼儿园接孩子。她说，在路人羡慕的目光里，她感觉我们家是最幸福的一家。

幸福，对一个支离破碎的家庭来说，是一个多么奢侈的词，对于这个家中的每一位成员又是多么难得的感受。但是，我们千真万确地感动于我们的幸福，我们的家是最幸福的家。这一切来之不易，但又是那么的自然而然，爱弥补了所有的残缺。正像我早年看过的一部电影，《但愿人长久》。它讲述的是五个不同姓氏的不幸的人，历尽坎坷走到了一起，组成了一个家庭。电影的结尾镜头是一幅全家福。照片上的五个人虽然脸上还带着抹不去的沧桑，但笑容是很真的。

但愿人长久。

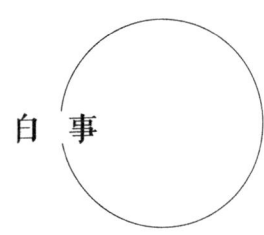

白　事

　　半夜时分，有人叫门。来人叫得很急，简陋的柴门被拍得啪啪作响，引起一阵犬吠。朦胧中我听出是表姐的声音。外婆慌忙起床。她摸黑披上棉袄，喘着粗气说，这孩子，这时候回来，不是有什么大事吧？由于惊慌，外婆平时并不太明显的哮喘急剧加重，说话时，气息仿佛掉得很深，接不上来。她抖得也厉害，伸手摸火柴时，无法控制自己的手，手掌无意地将桌子也拍得啪啪作响。这响声，在离我更近的黑暗里，我感觉更为恐怖，心便跳得与它一样响了。终于，外婆摸到了火柴，将煤油灯点着。灯亮了，我也完全醒了。

　　门开了，门外站的，不只是表姐一人，还有两个陌生男人。真如外婆所说，表姐这时候到来，真的是有事，有大事。表姐说，快走吧，我妈病重。

　　外婆手忙脚乱地收拾东西。煤油灯的光亮弱起来，并不像刚点着的时候那样亮堂。屋里什么都看不清。外婆几乎是靠摸索在找东西。深更半夜，静极了，狗叫声已经全停了，整个黑夜里什么声音都没有。我只听到表姐不时地吸一下鼻子，外婆的牙齿不停地打架。我站在角落里，屏住呼吸，大事来临的时候，我是多余的。我壮着胆子试着问，我要不要一起去？我不知道我在问谁，是外婆还是表姐。表姐看也没看我一眼，说去就去吧，还问什么？她的话很冷，却让我松了一口气，消除了我一半的恐惧。在那个寒夜里，真正让我惊恐的，是我自己的去留问题。我最怕离开外婆，怕她把我丢下。因为冬天很冷，夜很黑。我依然是屏着呼吸，开始默默地收拾我的东西，做同去的准备。我走向角落，掀开小木箱，拿出准备过年穿的新罩衣,问外婆我用不用穿上这件新衣服。因为那天天亮后才是腊月二十五,离过年还有五天。外婆还没说话,表姐就开口了,她又狠狠地瞪我一眼,不耐烦地说穿就穿吧,还问什么?于是,我就默默地将那件新衣服穿上。穿得很别扭,因为罩着厚厚的棉袄,新衣服又不贴身。其实,除了穿起来不舒服,与身上的其他衣服也不相称。当时我穿的裤子又旧又脏,靴子上还有破洞,露出黑乎乎的棉花,像开了两朵黑色的花儿。

很快我们就随表姐走了。真的很快。表姐进屋后好像只说了那么几句话,而且一直是靠门站着,连凳子都没坐。随表姐来的两个陌生人,根本就没进屋,他们搓着手,一直站在院子里,嘀咕了几句"今晚天真冷,这地方穷啊"。

也许还有其他该记住的东西,我都给忘了。比如事后我仔细回忆,但一直没想出眉目。那晚我和外婆慌张离家的时候,小妹在哪里?怎样安置了?小妹那年腊月应该是三岁零三个月。我仔细推测,有两种可能:一是表姐的到来惊动了隔壁邻居,因为我们只隔一层空山墙,这边打个饱嗝那边都听得见,何况是半夜三更这么大的动静。如果是这样,一定是我随外婆先走,让隔壁邻居代看仍在熟睡的小妹,待天亮后通知我母亲再做安排。第二种可能是我们带妹妹一起走的,因为她小,不谙世事,因熟睡而安静,所以没给我留下什么印象。猜测种种,萦绕我心头许多年。后来一个偶然的机会,我与小妹提起此事,她居然有记忆。她说可以肯定她是随母亲一同去了的,因为她清晰地记得临走的时候,母亲给她买了一件浅橘色上衣、一双枣红色平口平绒鞋,上衣的领子上还绣着一只小熊猫。说起这些事情的时候,我已年近不惑,小妹也已年过三十。小妹说,像是前世记忆。她说,其实她并不记得姨妈什么时候去世,而是记得母亲因为姨妈去世给她买过衣服和鞋子。

也有一些东西,或许是不该记住的,我却记得很牢。比如那晚外婆吹灭油灯离开家的时候，我清晰地记得桌子上还剩半碗炒鸭肉，虽然看起来黑乎乎的狼藉不堪，却依然散发着浓浓的肉香味儿。一路上我一直感觉可惜，一直在想它的归宿，是会被倒掉还是会被耗子拖去？鸭肉，与小妹记忆中的新衣服新鞋子一样让人难忘。不过，我守口如瓶。这个念想儿我始终没有说出来。我明白，这不合时宜。

姨妈家住在某个城市的一个机关大院。我们赶到的时候，应该是早上四点钟左右。吉普车在大院门口停下来，我们下了车。司机干脆利落地调转车头，消失在黑暗里。明亮的车灯消失了，夜显得更加黑暗和寒冷。没有人声，没有犬吠，只剩下外婆、表姐和我三个人的脚步声，重重叠叠地响着，响彻夜空。空洞，沉重，虚幻而夸张，嚓——嚓——嚓，我感觉我们好像是行走在空中，正不自量力地用脚步丈量人间。

外婆说，天真冷。

姨妈家的门是开着的。我们进屋后，姨父、几个表姐都站了起来，并不是出于礼貌，而像是一种极大的期待。我有些迷茫，不明白这似是而非的期待是什么，因为她们，没有特别需要我们的地方。即使在那一刻，也没有。大表姐突然大声问，咱妈呢？语速极快，三个字差不多是一起出口的。我看了她一眼，我明白她是明知故问，拿这三个字遮掩情绪，遮掩她克制不住的号啕大哭。哭，代表脆弱，而脆弱，谁都不愿意流露。即使在失去亲人悲痛万分的时候，哭，依然是本能地有所遮掩。随即她便扑倒在床上，把头埋在被子里放声痛哭。其他几个表姐的哭声也随之而起，哭得是那样发自肺腑，酣畅淋漓，毫无障碍。我静静地站在角落里，也开始流泪。但我始终没有哭出声，而且不失时机地伸出舌尖，将滑落在脸上的泪水裹进嘴里。九岁的我是不允许自己哭的，即使大家都在哭。我的贫穷，我所遭受的遗弃和冷遇，早已注定我没有哭的权利和必要。在姨妈的后事之后，几个表姐嘀咕说我傻，说我一直没哭，甚至她们还为此骂过我。我没有反驳，也不觉得委屈，因为我真的为姨妈的离世难过，而且流了泪。只是我的泪水是静静地流的，涌出眼眶，又流进嘴里，被我一次次吞咽而已。

外婆平静得有些异常。她问姨父，衣服安置了吗？姨父泣不成声，他边哭边回答外婆的问话。但他的哭声又长又重，难以控制，终究，我一句也没听清他说了什么。后来我才知道，什么也没来得及准备。因为姨妈病重时他一直在医院里，女儿们都在上学，没时间考虑后事。另外，就是姨妈常年生病，没想到这次这么严重。

姨妈的衣服是第二天上午买的。那是我当时见过的最好的衣服，内衣外衣齐全，连鞋子袜子都有。衣服的色彩料子近于奢侈。而且并不是寿衣，是常人穿的款式。姨父翻着让外婆过目。外婆却说，不看了，你们觉得合适就行，马上要化作尘土了，再好再坏又能怎么样呢！

为姨妈穿衣服的时候，姨妈躺在医院的太平间里，一个凄冷荒凉的地方。整个房间没有一丝热气。我随大家一起进去，并不害怕，只是觉得冷。那里实在是太冷了，水泥床上只铺了一层白色的床单，而且没有枕头。因为没有枕头，我一进屋就看见姨妈蓬乱的头发直接贴在水泥床面上，真让人揪心。床前的地面上还有一汪水，我一直感觉到那是哪个行动不便者的尿液，因为这里躺的都曾经是会吃喝拉撒的人。当表姐将那包崭新的衣服放在旁边另一张水泥床上的时候，哭声再起。外婆哭得最让我心疼。她喊了一声"我的娇闺女啊——"便再也不加控制。但与表姐们相比，外婆的哭声依然是最平静的，她的哭声节奏稳定，而且夹杂着诉说。我同样听不清她说什么，或者说根本没在意细听。因为她是说给姨妈的，那是她们之间的悄悄话，她们母女连心，我无须听懂。

姨父拿掉了盖在姨妈身上的棉被。姨妈的脸并不安详，她眼睛半睁，嘴巴也没合严，临终时应该非常痛苦，而且不安。她漂亮的自然卷头发也失去了气息，像一团乱麻。看到姨妈僵直苍白的身体，触及她的冰凉，我终于不再为水泥床板的冰冷揪心了！姨妈死了！她没有体温了！不会呼吸了！不会说话了！她什么都不知道了！为她穿衣服的时候，姨父换了好几种方法，始终脱不下她身上的旧内衣。最后，姨父拿出钥匙串上的小剪刀，把那件裹在她身上的衣服剪成碎片，一片一片拽下来，扔在角落里。姨妈临终时从人世间带走的最后财产，像一面破败的旗子，瞬间成了一把脏兮兮的碎片。那些碎片，很快会成为垃圾，而且是遭人忌讳的垃圾。

　　为姨妈穿衣服的时候，我不知道我该干些什么。外婆，姨父，四个表姐，一个表弟，将那张窄小的水泥床四周围满了，我不知道我该站在哪儿，做些什么，又觉得这时候真的应该做些什么。我静静地看了看，姨妈的鞋袜还放在那儿，大家还没顾上去拿。于是，我就试着去拿鞋子，独自站在姨妈的脚边，为她穿鞋袜。我触及姨妈冰冷的脚掌，好凉啊！尽管我知道姨妈身上不再有体温，但这种冰凉还是让我意外，人的身体居然会变得这样冰凉啊！我试着脱掉她脚上的旧袜子，学着姨父，将旧袜子扔进角落里，然后将新的鞋袜为姨妈穿上。给她穿袜子的时候，需要把她的脚抬起来，那只冰冷无知不会再做任何配合的脚掌，对我细弱的胳膊是一种重负，我悄悄地用了好大的力气才摆弄好。那是我与姨妈最亲近的一次接触，我认真地抚摸了她的脚掌、脚面。虽然冰冷，但依然是肌肤相及的感觉。我没有害怕，反而觉得很亲她，与平时远远看她的时候截然不同。她在世的时候，我一直想靠近她，但总是怕她，因为她好像始终不喜欢我。

　　后来姨妈就真的走了，我们再也看不见她了！我知道她去了一个最残忍的地方，在那里，她将化为灰烬。我和外婆没有去送葬，所以她的最后路程我没有真实记忆，不能做更多的描述。关于她的最后记忆，是她穿戴整齐，而且脚上的鞋袜是我亲手为她穿上的。再后来的记忆就不再集中，星星点点，好像都与亲人有关，而且相对轻松多了。只记得有个表姐吊唁来迟了，带了花圈没处可放，放在机关大门外的马路边上。姨妈单位派人来善后，说了一大堆赞扬姨妈的好话，还承诺为外婆转商品粮户口。姨父呢，则回忆哪年与姨妈结婚，那年姨妈十九岁。表姐们回忆姨妈去世那天晚上，几点钟的时候她们在做什么。记得当时正读高中的三表姐还拿出一张卷子，说姨妈去世的那一刻，她可能正在做某道数学题。六岁的小表弟倒是说来了姨妈临终前的抢救过程，但应该都是道听途说，并不可信。唯有外婆是平静的，她淡淡地说，走了也好，走了就不受罪了。唉——外婆一声叹息，从重到轻，拖着长长的尾音，虚化而去，像一世烟云。在这一声叹息里，我们仿佛都长大了，起身散去，各奔东西。

  与表姐们再次聚齐的时候，是事隔三十年之后的又一次白事——外婆的葬礼上。只是，气氛，轻松多了。

那一年我十三岁

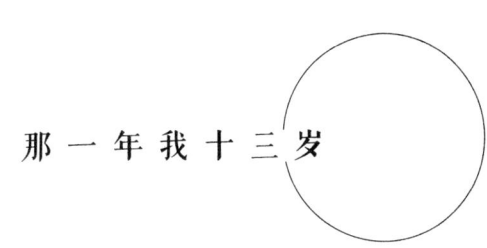

上初中一年级的时候,我的同桌是一个 G 姓女孩。她个头很高,浓眉大眼,家庭条件优越。更让我羡慕的是,她有五个如花似玉的姐姐。

有一天,她悄悄告诉我,她的二姐在偷偷写小说,题目是"一对好姐妹"。这个话题突然就让我兴奋起来,仿佛发现这件事情的人是我,那种激动与兴奋无法言表。于是我就怂恿她回去继续偷看,然后到学校与我分享。一段时间内,分享她姐姐的小说,成了我们相处的焦点,好像也成了我们学习的动力。我们莫名地兴奋,上课听讲格外认真,作业也做得格外快乐。几天后,我们不约而同地商量,咱们也写吧。就这样,我们开始了一段没日没夜、滑稽又投入的"创作"。

当时正热播一个电视剧《新岸》,岳红主演的。内容是一个失足女青年,下乡接受贫下中农再教育改过自新的历程。因为那时候的电视机并不普遍,只有几个机关大院才有,全县不会超过五台。这样的信息多亏她能带给我,因为她妈妈的单位不仅有电视机,而且还是彩色的。于是我们忘记了她姐姐的小说,又开始分享电视剧。她每天下晚自习就跑去看电视,第二天上早自习就与我分享。其实时至今日仔细想想,偷看她姐姐的小说,是好奇,而这部电视剧则对我们产生了微妙的启蒙,因为她描述剧情的时候,很注重细节,比如女知青刚下乡时,一群人是怎样追着她看女流氓,她又是怎样地咬着下嘴唇一声不吭以示痛改前非;比如在改造过程中,女知青生病了,镜头突出的是灶台上放着几个杂面馒头,裂着缝,几只苍蝇在上面爬来爬去。那时候,她分明是有意识地关注文学细节，而且有表达意识和基本能力。而我，从她的描述中能意识到这个失足青年一露面就是个正面人物，是这部电视剧宣传歌颂的主题。我们为此欣喜若狂。

由于对电视剧的分享和痴迷，那个学期我们上学上得很兴奋，每天很早到校，精神头特足。由于《新岸》的感染力，我们俩便野心勃勃地要写电视剧，而且准备写一部超过《新岸》的电视剧，我们也由此变得形影不离。有天晚自习放学，我们俩郑重地回到她的小屋，开始了我们神圣又巨大的工程——动笔写电视剧本。我们悄悄买了花生和瓜子，准备搞个开笔仪式。谁知出师不利，颤抖的手在往笔管里吸墨水的时候，打翻了墨水瓶，整瓶墨水洒在一条刚换过的新床单上。那年代一条新床单的价值我们俩是知道的，顿时吓得手足无措，魂飞天外，哪里还顾得上什么开笔仪式？后来哗啦啦的水声惊动了她的两个姐姐，姐姐的袒护使我们免遭了她母亲的训斥，终是虚惊一场，转危为安。

我们开始了创作（也算是创作吧？），像模像样。许多年后我遇到了一个电影编剧，当他讲起他写剧本过程的时候，我才发现，他说的简直和我们当年一模一样，所以我以为我们当年的"创作"过程是像模像样的，甚至为我们的"天才"起步莫名地感动，也为我们创作无果感到可惜。如果一直坚持下来，会不会真的写出一部超过《新岸》的电视剧呢？

无论如何，我们的"创作"还是开始了，像模像样地开始了。每一个字都写得极其认真，仿佛不认真就对不起电视剧的神圣。正襟危坐，每句台词，每个场景，都把自己沉浸其中。每写一个角色，把自己沉浸在剧情里，反复揣摩人物心理和场景，该怎么说，会怎么说，甚至反复思考场景该怎么配，服装该怎么设计，真是全身心的投入。当年的剧本，现在想想，故事虽然幼稚，但那些思考感觉还是相对成熟的。甚至想如果放到现在，我还会那么想，那么做。终于完稿了，那个剧本的名字是"旋转的乒乓球"，大致内容是由于"文革"中两个不同阶级的家庭产生的矛盾,两个同学不团结,班长就想办法让她们和好,最后由班长带头组织了一个乒乓球队,拉她俩参与,最后不但她俩和好了,班级的乒乓球队还在全县比赛中拿到了冠军。稿子写完后,我们还写了主题歌歌词,而且还找到当时曾发表过音乐作品的音乐老师,让她给谱曲。那位音乐老师当时就拒绝了(理所当然的事),我们还因此偷偷地说了那个老师很多坏话。后来就是无休止的讨论:稿子该怎么寄,寄向哪里。这个时候突然羞涩起来,无比难堪,像是私自孕育了见不得人的小生命,怀揣不得,外露不得。当初写作时的勇气、自信、胆量、热情以及那种神圣感全不见了。我们像穿越了一个时代,突然发现我们的淘气方式太与众不同了,同学们那么无忧无虑地在操场上疯玩,而我们俩却整天忧心忡忡,满腹心事。学习也渐渐退步,在班里成了一塌糊涂的另类。

学习成绩的下降,使我们更加"发奋"起来。经过认真讨论,我们制订了一个学习计划,除了写电视剧,还安排了各科目的学习时间,甚至把体育达标也安排在内。在这种近于悲壮的"发奋"中,我们结下了生死战友般的情意。在一个夜深人静的黑夜,我们手牵手躺在被窝里,忽生感动,说我们结拜吧!结拜成姐妹!然后激动万分地从床上爬起来,从作业本上撕了一张干净的纸,写上誓言:永远在一起写文章,永远合二为一,永远不变。在那个夜晚,我们俩将名字各取一个字,糅合为一个名字,并决定今后永远拿它作为我们俩共同的笔名,如果文章发表,让读者永远认为那是一个人的作品。还从书桌上的一盆多肉植物上掐了两片小叶片,用钢笔压在誓言结尾处,让两片绿色的印记作证。而我们,虔诚地双手合十。

通过这个简单的仪式,我们好像有了绝处逢生的希望,又有了信心,我们的剧本又成了我们私密的宝贝,整天揣在怀里,为它找出路。我们很奢侈地花了一块多钱买了一本《大众电影》,

希望从中得到一些影视界的信息。最大的收获是那本杂志上有关于《新岸》的评论，我们从中得知它是湖南电视台录制的，女主角的饰演者叫岳红。这个信息让我们激动到了极点。为了保险，我们计议着投两份出去，一份投给湖南电视台，另一份寄给演员岳红，说不定演员可以推荐给导演。同时还为岳红写了一首小诗赞美她，前几句记不起来了，最后两句是"刘艳华走向了新岸，一朵小花在荧屏上灿烂"（刘艳华是岳红饰演的人物）。

准备好之后，邮寄过程又成了难题，三十多页稿纸的稿子没法折叠，普通的信封根本装不下。商量来商量去，决定用手绢包着寄。于是精挑细选地买了一方粉红色的手绢，将文稿裹得严严实实，去了邮局。但颇为遗憾的是，手绢包了文稿，用钢笔写上地址后，墨水四下洇开，整个邮件看起来像只小刺猬，而且贴不上邮票。更严重的是，邮局根本不收，要改用大信封。到哪里去找大信封又成了难题，别说大信封，小信封我们也没用过，到哪里去找啊？急中生智，发现作业本土黄色的后皮的纸质与颜色都与信封接近，就撕了六本作业本的后皮，自己用浆糊粘了一个大信封。尽管那个信封很不规范，但我们还是感动了邮局那个大叔，他称重的时候还说："小孩子不简单，投稿呢！"虽然被他夸得面红耳赤，还是很兴奋，我们的稿子终于结束了衣襟下面黑乎乎的日子，它们要见到阳光了。

辗转几个月的等待之后，一封退稿信寄到了我们学校。因为我们用的是那个合二为一的笔名，学校便不知道是谁投的稿，那封信也始终没有转到我们手里。只是当时这件事在全校传开了，说我们学校的学生居然有人投稿，写的还是电视剧本，虽然没被采用，但编辑的回信很客气，结尾是期待再赐稿件呢。

当大家都在兴奋地议论这件事的时候，我们俩的情绪却降到了最低点，说不出的委屈和沮丧。那天晚上我们又回到了那间无数次熬夜写作的小屋，突然发现曾经让我们信心十足的小屋冷得像冰窖。我们直打哆嗦，像做错了什么事情，垂头丧气，静坐许久。她抚摸着书桌上那棵多肉植物沮丧地说，白白掐了它两片叶子。我说，就是，白白熬了那么多夜。她说，就是，白白撕了那么多作业本后皮。我说，就是，白白浪费了两个手绢……就是，就是，我们一一地数着我们的艰辛付出，呜呜地哭出声来。那一年，我们十三岁。

胭脂黄昏

五奶奶说,她当年嫁过来的时候,十根手指像嫩葱,三寸金莲,穿的是手工做的高底鞋。

有时会说得多一点,就是对她当时的衣着补充一番,比如她的红嫁衣料子多么好,她乘坐的轿子是西关大街上有名的轿行里的轿子,她在走出轿子的时候,偷偷掀开红盖头偷看了她的丈夫。

而我,总也想象不出五奶奶穿红嫁衣的模样,因为在我的记忆里,她只穿黑衣服,扎黑头巾,穿黑鞋子。她的手也不像嫩葱,而是像枯枝,像风雪天里颤巍巍发抖的枯树枝。指关节处叠着又深又黑的褶皱,拿东西的时候,只能半僵硬地伸展。

只是她的手指甲很鲜亮,特别是在胭脂花开的季节里,染得鲜红油亮,像十颗红玛瑙。那漂亮的红色是五奶奶身上唯一美丽的色彩。那种色彩染在五奶奶的手指甲上,与黄昏里如血般的残阳和院子里那株只在傍晚开花的猩红的胭脂花十分相似,艳丽得寂寞、冷清。

"我爱种胭脂花。"春天,五奶奶总爱自言自语,踮着小脚拿着小铲子,在檐下那块并不适合种植的地面上刨土,十分认真地埋上胭脂花种子。而那些种子也从不辜负她,如期地在盛夏开花,一直到深秋。红艳艳的胭脂花总是在百花凋残之后才开始凋谢,当瓦房屋顶上成排的瓦松挂上霜花的时候,它残败的叶子里还会偶尔藏着那么零星的一朵两朵,露出一点醒目的红。在那个满是青砖灰瓦的小院里,猩红的胭脂花和采花的五奶奶是难得的风景。每到傍晚时分,夕阳西下,胭脂花开始盛开,无所保留地绽放所有的花苞。这时候,全院子的风箱都拉起来了,炊烟袅袅。

所以，胭脂花在我们的小院里，除了五奶奶叫它胭脂花，其余的人都叫它晚饭花。

晚饭花开了，五奶奶却不忙做晚饭，而是专心致志地采了花去染指甲。胭脂花开的季节里，对五奶奶来说，采下花朵，用胭脂花鲜艳的汁液染红指甲比吃饭重要。采花的五奶奶，很容易让人想起"采花人"这个称谓。她的动作非常优雅：先是洗了手，并不擦干，甩着手上的水珠儿，在花前蹲下，神情自然而忧郁。然后拿滴着水珠的指尖将整株花的花冠托起，脖子往后靠，眯起老花的眼睛细细地端详一阵。接着伸长脖子，把眼睛眯得更小一点，将鼻子凑近花朵，忘情地嗅一嗅。最后，才慢慢翘起兰花指掐上一朵，怜惜地塞进掌心，再掐第二朵、第三朵。我喜欢她的花，也喜欢看她采花，所以这种时候我总是站得离她很近，近得能清晰地看到她黑色的斜纹衣衫的衣领上洗得发白的布丝，能嗅到她满头白发散发的皂荚的清香味儿，还能看到她微微颤抖的枯枝一般的手，竟然能翘成非常漂亮的兰花指。她细细地数着采下的花朵。十朵花，每晚只掐十朵花，就足够把十个指甲染一遍。她说，晚上染了指甲，夜里睡醒的时候，满屋子都会飘满花香，连梦都是香的。若是用胭脂花染了一个季节的指甲，这花香便能延续到冬季，即使白雪封了门子，十个手指头还是香的，花香四溢。

我们的小院是一个古老的小院，院墙上裸露的墙砖上有明显而古老的标记。五奶奶住在南屋里，那间屋子窗子很高，也很小，几乎不见光亮。门很深，像一口深不见底的枯井。虽是夏天，黄昏里五奶奶出出进进的身影，依然会带出一丝阴冷的凉气。

一个黄昏，院子里很静，静得出奇，几家人的风箱很奇怪地在那个傍晚没有拉响，院子上空也没有炊烟。正在这个时候，五奶奶拉开了那扇吱呀作响的房门，她该采花了。她依然是黑衣黑裤，从那扇黑井一样的门里走出来。那天是个火烧云，残阳如血，我独自站在寂静的院落里，忽然间感到一丝莫名的恐惧，感觉五奶奶像是从某个洞穴里走出来的怪人。而她那间屋子，比任何时候都更像洞穴。

我几乎是打着哆嗦问五奶奶说，奶奶，你一个人不怕吗？

我的表达并不到位，但五奶奶却明白我在说什么。她先是很平静地笑着看了我一眼，然后摇头，再然后慢慢伸出双手，认真看她的十个手指甲，像是对着指甲说话。她说，怕？不怕。她说她在这间屋子里住了六十年了，没什么怕的了。她说，一直住下去，她会成仙的。将来做了仙女，她就做胭脂花仙子，穿戴像胭脂花一样鲜亮的衣裳，擦像胭脂花一样鲜亮的脂粉，那时候就会满身都是胭脂花的香味儿。她说做了仙女，就能飞出家门，飞上天去，飞到很远很远的地方，想飞到哪里就飞到哪里。后来我听大人们说，五奶奶嫁过来的时候就住这里，开始是和丈夫一起住，因为丈夫大她五十多岁，下了轿子，脱下红嫁衣，便只准她穿黑色的衣服，不许她搽胭脂，不许她和人说笑，不许她走出大门。三年后，老丈夫过世。那年她十九岁。但还有公婆，公婆看她看得更紧。后来公婆过世了，她依旧住在这里，而且依旧只穿黑衣黑裤，已经习惯了。

忽然，五奶奶半眯着眼睛笑了，眼神很深，嘴角的笑却很浅。她说，我爱种胭脂花，你看看，奶奶的指甲每年都染得很红，几十年没间断过，你不知道有多少人羡慕呢。

她将那十个鲜红的手指甲伸到我的眼前。它们紧紧地攥在一起，像一堆小火苗，在她黑衣黑裤一片黑色的背景上燃烧。而她那双枯枝般的手指，却不住颤抖。

黑衣黑裤，红色的指甲，如血的残阳，洞穴一样的南屋，五奶奶神经质的笑容，院里奇怪的寂静。无论五奶奶表情如何平静，那个黄昏，我依然满怀恐惧。

我固执的恐惧让五奶奶很失望。她转过身，默默地看着自己鲜红的指甲，步履艰难地踮着小脚，再次在那株盛开的胭脂花旁边蹲下。一朵，两朵，她数着，摘下花朵。我明白，那晚五奶奶摘花的时候，她是恍惚的。因为摘花前，她忘记了洗手。

就在那个夏天，五奶奶病重。她临终前，我第一次随大人们走进了她那间洞穴般的屋子。她躺在一张古老的雕花大床上，光线微弱，被褥潮湿，但她表情安详。她让来看她的邻居把蜡烛点上，把屋子里照得通明。然后让人帮她从一个很深的箱子里找出一个布包，一层层地打开，她说，那里边有一件她绣好的胭脂色肚兜，找出来给她穿上，她会成仙的。那个肚兜上，绣满了胭脂花。

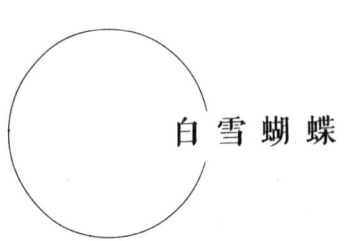

白雪蝴蝶

我最早了解女人的丰富，是在一个下着大雪的黄昏。母亲抱着刚刚学语的小妹，大开柴门，看雪，看飞舞的雪。

天上飞的是什么？母亲的问话更像是自言自语。

小妹眼睛晶亮，回答说：蝴蝶。她静静地贴在母亲怀里，从容得像一个睿智的哲人。

我突然感觉小妹是一只精灵。这是刚刚一岁的小妹吗？

母亲的脸上有了一丝笑意，那丝不经意的笑竟然在嘴角牵起一只浅浅的酒窝，宁静，朦胧，带着一种如梦的神情。很少看到母亲这样的笑，很有女人味道的笑。那笑，甚至有些诗意。很多年后我才敢说那是诗意。其实多年前当我知道什么是诗的时候，我就怀想起母亲在那个黄昏的笑。但我一直不敢说出来。因为母亲——一个生活困窘，婚姻不幸，衣着破旧，身材臃肿，三十岁便生白发的女人，离诗好像太遥远。

天色晚下来，那个雪天的黄昏变得黑暗起来。突然间，母亲的笑和小妹晶亮的眼睛让我有点害怕，说不清的惊恐。

于是我纠正：那是雪花，不是蝴蝶。

我对着小妹说，对着母亲说。一遍又一遍地说。

我的话划破了那个黄昏的宁静，优雅的飞雪开始变得乱糟糟的，没有秩序。远方响起了尖利的风声，雪花被染得昏昏黄黄。被冰雪覆盖的大地显出死一样的苍凉和煞白。树上沉重的积雪还冰冷地压断了一根枯枝，"噗"的一声栽在雪地上，很快又被飞雪埋葬。雪，不再是蝴蝶的雪，它将带给我们的是更加寒冷的夜晚、明日泥泞的道路以及诸多的不便。

小妹的目光不再晶亮得像精灵。在我肯定地说那是雪花的时候，她完全恢复了一个一岁孩子的哭闹：她把手塞进母亲的衣领，把头发在母亲的怀里蹭得很乱，哭哭啼啼地说冷，还要拱进母亲的怀里吃奶。

　　母亲的笑没有了。只是在瞬间便扯平了嘴角的酒窝，眼睛也恢复了平日的懒散、黯淡无光。她朝我呶着嘴说，关上。没有任何表情，她让我把柴门关上。那些雪，关在了柴门外面，我们的视线外边。

　　随即依然是在母亲没有表情的指挥下，我燃起了一盏如豆的烛火。在一条长满裂纹的古式板凳上吃了我们的晚餐。母亲吃得很庸俗，碗筷碰得叮当响，把饼嚼得很响，把稀饭喝得也嗞嗞作响。而小妹则做着更令人烦心的俗事：拱进母亲的怀里不停地吮吸着并不丰足的奶水，还不时地抬起头哭上一声，弄得满屋子奶腥味。油灯把母亲臃肿的身影映在墙面上，使母亲显得更加矮小丑陋。对着那个映在墙面上的影子，我痴痴地看，想入非非。我想把它描画下来，我想如果母亲变成一幅画，也许会漂亮些。我还想象我会把她的眼睛画成双眼皮，画上长长的睫毛，带着永远的笑。把她的嘴画成红色的，哪怕是用粉色的粉笔也要画成红色的。再给她画一个像女演员一样的发型。

　　母亲突然说，很想看书。

　　我说，我给你找一本吧。

　　母亲说，你的课本？

　　我点头。

　　母亲摇头。叹气。她说她想看小说。她说话很土气，地地道道的方言。她把小说说成了"小说儿"。

　　我没有为母亲找来"小说儿"，也没有为她描一张灯影像。

　　许多年后，我为女儿请了一位家庭教师，是一位初出茅庐就获奖的小画家。小画家妆画得很浓，衣着也新潮，眼睛里带着我

当年想为母亲画的那种永远的笑。她善画雪景和人物肖像。她说这一切得益于她的母亲。她的母亲是一位当年因一分之差没考上大学便嫁到深山去做农妇的母亲，一位爱看小说和描灯影的母亲，一位爱雪成痴用裂着血口的粗手带着满袖口炊烟味道堆雪人的母亲。她说她家的四面黑墙在母亲的指点下成了她儿时学画的殿堂，有无限的风景。那陈旧的墙面上掉了很多泥皮，每一块一个形状，母亲让她感觉，像什么就画成什么，画出来都很漂亮。她说她还把母亲各种姿势的灯影描画在墙面上，用彩色的粉笔把母亲画得很好看。她说她的母亲从没有涂过口红，而她为母亲画的灯影画都有着鲜艳的红唇。她获奖的画就是母亲的肖像画。

她教我女儿学画。她的教法很特别，从肖像画入手。

她带着歉意看着我，她说你的女儿不能为你画灯影画了，因为现在的吸顶日光灯映照出来的影子太淡。

我突然间发现我已做了母亲，而且是如此真实。也许我很快就会生出白发。而且不久，女儿就会在小画家的教授下为我——她的母亲作肖像画。不会太久。

不，我的心愿不只是让女儿为我画肖像，至少不仅仅如此。即使我看起来还很年轻，我可以在温馨的灯光下读很多的小说，甚至还可以对着雪景写诗，可以含着泪水把飘飞的雪花叫作蝴蝶。没有人纠正我什么。但我的心中永远装着一个黄昏，一沓凌乱而复杂的记忆。方言。小说儿。柴门。黄昏。简陋的晚餐。精灵。小妹。臃肿的母亲。诗意的笑。酒窝。飘雪。蝴蝶。就是如此凌乱复杂。那是一首有关女人的诗，有关女人的债，有关女人的梦。它们折磨着我。是有关所有女人的，我想我该归还这些东西。还给母亲，还给那个黄昏，也还给我自己。

一个大雪纷飞的夜晚，我打开了所有的门窗，我呼唤母亲，呼唤小妹，呼唤我自己，呼唤小画家和她的母亲。而且告诉女儿，她可以旁听。

天地间像一个洁白无边的舞台，空无一物。只有无数的雪花，蹁跹起舞。

我以女人最柔和的声音问：天空飞的是什么？

蝴蝶。苍天作答。

多好的雪天啊。泪水开始在脸上肆意狂欢,随着漫天的蝴蝶飞舞。

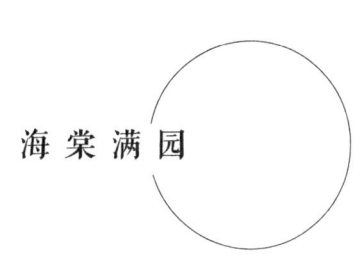

海棠满园

那年我十六岁。母亲留给我的除了一个春天的忧伤,还有一个荒芜的园子。那园子里长满了杂草,却没有知了的鸣叫,也没有蛐蛐的歌唱,但有一丛海棠花,有时,还有蝴蝶在翩跹起舞。于是,我就不停地徘徊在海棠花前数花朵,每开一朵,我都会认真地闻它的花香,伏下身子听它的细语。雨天我就撑着一把竹骨油纸伞数那些泪滴似的雨珠儿。那把伞糊的是红色的油纸,虽然经历了许多个雨季,也经历过雪天,但在雨水的冲刷下依然晶亮,同时散发着愁绪般的桐油气息,萦萦绕绕,缠得人心绪飘摇,想哭,也想笑,也会想起母亲。但很淡,就像涟漪中的最后一道波纹,一丝微微的颤动。其实我也知道母亲在小城的哪一边,也曾走过他们的家门口,看见过母亲家的两扇朱门。但从没走进去过,也从来没有走进去的欲望。隔墙能望见那两扇朱门里的一抹树梢,挺拔地伸在院墙之上。由此我想象那院内一定清凉,有浓厚的树荫,也许还有花草。母亲是爱整洁的,所以我走过那里的时候,常常心不在焉,跑神儿,猜想母亲在那院子里会干些什么,是在扫地吗?是在洗衣裳吗?母亲洗衣服的时候总是能洗出节奏,湿衣服里挤出的水发出像拧断了胡萝卜的声音,细小而清脆。

一个雨天的黄昏,我去看海棠花的时候,发现了一只湿淋淋的猫,身上长着黄白花纹的猫。满身泥巴,浑身发抖地卧在海棠花叶子下面,来路不明。有点像这丛没有来由的海棠花,外婆没有种过,母亲也没有种过,我也没有种过,但它却枝叶茂盛地长了出来,还开满了花。海棠花在雨中依然舒展地开放,而小猫不住地发抖。她睁着两只明亮的眼睛,肮脏的皮毛下面温热的身体和均匀的心跳，像海棠花一样让我动心，也让我得到了某种安慰。我几乎不假思索地把它抱回屋里，用我的脸盆为她洗澡，还用了香皂和洗发水。并没有谁来认领这只小猫，十天后，我就完全放心它属于我了，我就给它起了个很亲切的名字，叫它小妹。那时我很少与人交流，很讨厌那些废话一样虚假而热情的问候。最多的时间是写写画画。我记得我用透明的油光纸套在《大众电影》的人物画上描过一大本人物画像。还有一把破旧得只剩下一根弦的凤凰琴，我用它弹出了许多流行歌曲。我还有一件漂亮的连衣裙，穿在身上像挂了一件草编工艺帘子，有一种古朴、远离尘世、若有若无的感觉。为此我喜欢穿着它站在门口的阳光里晃来晃去，漠然地看着人们从我身边走过来走过去，确切地享受那种在人群中间却远离尘世的惬意。小妹来了之后，她身上许多的优点让我爱不释手，她看我的时候神情专注，目光单纯，她的呼吸温暖而均匀，最令我满意的是她从不说话而且叫声孱弱，腼腆而宁静。我让她看我的画，听我弹琴，也给她说话。那时候我对她说的话很多很多，而且全是心里话，特别是夜里，在一片漆黑中看着她隐约发光的眼睛跟她说话。我们成了知己。后来她就常常依偎着我睡觉，枕着我的胳膊特别舒适也特别温暖，有时候还会在睡梦中伸出粉色的小舌头舔我的睫毛。她还会在我洗完头发的时候，仰头看着我湿漉漉的头发顺着我草帘一样的裙子往下滴水，然后用她尖利的爪子挂着我的裙子攀爬到我的肩头，流露出种种期待。

　　这样一个充满温情的小东西依偎在我身旁，让我记忆中那些温暖的生命历程活泛地衔接起来，我又开始怀念一头猪。一头并不愚笨而充满灵性的猪。那年我十一岁，一个人在老宅中度过了一个漫长的冬季。在一个漆黑的夜晚，一头小猪跑进我的小院，而且直到死去它再也没有走掉。整个冬季它都与我在一起。每天晚自习下课，我要端着油灯走过好长一条胡同，而漆黑的胡同尽头，总有它温热的气息在等待我。那年的冬天，雪不停地下，路上的积雪总不融化，踩起来嘎嘣嘎嘣的，僵硬得让人想不出明天是什么样子。而我却生活得满是希望，每天除了自己吃饱喝足，还要给小猪做饭，把糠皮煮得热乎乎的。每天夜里，小猪就卧在我的床边，它那粗放的呼噜声能让我放心地入睡，知道它活着，我也幸福地活着。

　　我对生命的依恋使我更为清醒地惧怕生命的脆弱，担心哪一天那个温暖的生命会死掉，离我而去。于是我每天放学后就尽量多跟它待一会，看着它吃饭，给它挠痒痒，还紧皱眉头为它捉虱子。后来那小猪果然因咽下一枚两分钱的硬币，几分钟内便成了一具尸体……后来小猫也死了，死得稀里糊涂莫名其妙。小猪死的时候，我伤心，流泪，虽是春暖花开的时节却没采一朵花，没有看见一只蝴蝶。小猪的尸体被做屠夫的邻居抬走，给我留下二十元钱。那时候二十元钱能买到许多东西，甚至能买一把不错的吉他。可我什么也没做，怏怏地只想哭。好几天懒得做饭也不想吃饭，晚上睡不着觉，朦胧中总是听到它的呼吸和叫声。而小猫死的时候，我却像得到了一个美丽的寓言，心绪诗意，清醒，平静，甚至感到淡淡的欣慰，仿佛认识了某种真谛。她先是得了一场大病，有七天只喝水，不吃一点东西。然后竟然慢慢缓过来——是在我的怀抱里，我一直抱着她。直到她能吃能喝，胃口和精神都好起来，大块地偷吃我的牛肉，恢复了元气，我才放心地把她放回她的小窝。然而在一个月之后的一天夜里，我正在梦中与她在一片竹林里嬉戏，她却在一声温柔的叫声之后毫不犹豫地死在那个我为她铺了婴儿毛毯的温暖的小窝里。她的睡姿安详，弯着腰，歪着头优雅地蜷着身体，像特意做的一个造型，脸上似乎还带着一种类似幸福的笑意。我抚摸着她，还吻了她，她的皮毛上还有我为她洗澡时留下的洗发水的香味。这香味让我留恋，仿佛刚才的梦境在延续：青幽幽的竹林，欲滴的露珠，她敏捷的跃姿，还有我欣喜的笑声。我没有哭泣，而且特别地安静，久久地沉浸在梦境里，觉得那是一种皈依般的道别，这种道别天地释然，温馨而禅意。我一直守在她的皈依地——那只温暖的小窝旁，直到天亮。我把她的墓地选在那座母亲留给我的园子里，那座荒芜的园子里，那座会开出海棠花的园子里。葬猫的时候，我发现杂草深处居然还开着一朵精灵一样的海棠花。我保持了她原有的姿势，从杂草深处采了那朵海棠花，轻轻地采下来，又轻轻地为她戴在头上。为她盖土的时候，有一滴温热的泪珠儿从我的鼻尖悄然滑过，哦，原来死亡是这样的。死亡的漂亮与安详让我感动。那时已是深秋，满园的海棠花都已凋零。她带走了最后一朵。

第二年，园子里的海棠花蔓延，竟然梦境一样美丽。我常常想它们是那朵深埋地下的深秋海棠的精灵所在。在那个海棠花盛开的时候，我开始以成人的身份频繁地参加别人的婚礼，也有葬礼。我参加的第一个婚礼是我一个早婚的同学，十八岁便结婚，我采了一大把海棠花送给她。记得她的嫁衣鲜艳，脂粉施得恰到好处，美丽得让我有了为她照相的冲动。我说，我如果有个相机，一定为你照张相。宴席上大家都夸他们郎才女貌，门当户对，祝他们白头偕老，早生贵子。而新郎那无所谓的笑容却让我一阵疑惑。我悄悄地对新娘子说，你们真的会白头偕老吗？没有得到回答，宴席散了的时候，我发现我送她的海棠花撒了一地，几乎全被踩成了花泥。之后我又参加了一个婚礼，新娘是我的邻居大姨，因长年生病，将近四十岁才被一个六十岁的老铁匠娶走。他们的婚宴并不收礼，只是摆了几桌酒席。我依然为他们采了几朵海棠花送过去，只是已是深秋，花朵比春日的小了许多。我记得老铁匠还拿出一朵为新娘子戴在鬓角，那位病恹恹的新娘立刻漂亮起来，更像个新娘了。这让我特别高兴。那天新娘一直坐在帐内不曾出来。而新郎只顾得照顾新娘，只是象征性地敬了一杯酒。宴席自始至终懒懒散散。散席的时候，我看到老铁匠正在帐下给新娘喂水，老铁匠的手有些发抖，新娘喝着水也不住地发抖，抖得我一阵揪心。

不久我就参加了第一个葬礼，是一个本家奶奶的。老人家年轻守寡，熬得满堂孝顺的子孙，葬礼热闹非凡。吹吹打打，祭品花花绿绿地摆满了一条街。那热闹让我突然想起某个婚礼。我一直喜滋滋地看热闹，觉得本家奶奶不是走进墓穴，而是喜气洋洋地走进一个新家，一个飘着新鲜的油漆香味的新家，一个窗明几净、阳光温暖而明媚的新家，窗台上还应该有一盆盛开的海棠花。孝子们的哭声在鞭炮声中像是闹洞房的一群孩子的叫闹。这阵热闹之后我再次参加的一个葬礼便真的重复了一个婚礼，就是那个秋天结婚的四十岁的新娘。大概是在半年之后，像娶她的时候一样，她脸色苍白地躺在帐内，六十岁的老铁匠独自坐在床沿上为她守灵，七天后葬在一片苹果园里。安葬她的那天，老铁匠开始时哭得老泪纵横，到了墓地却出奇平静，封好最后一掀土的时候，他竟然奇迹般地抓着一撮海棠花放在她的墓前。春寒料峭，是哪家的海棠花开得这样早？他也许采了秋天最后的海棠花，或是那海棠花越过秋季来到早春，一直在等待着这个祭奠吗？

就在这一年的春天，园子里的一棵小树上，居然搬来了一窝喜鹊。麻雀也好像多了起来，叫声特别清脆。鸟儿大合唱般的叫声总是热热闹闹地把我吵醒。我的日子开始清晰起来。叹息却开始朦胧。蹲在园子里看海棠花的时候，常常心不在焉，梦境重重。天边绵软的云霞会让我满怀柔情，夕阳西下的时候会莫名惆怅。我就开始写日记，用文字摆弄自己的心情。后来就开始谈恋爱，谈得轰轰烈烈，爱得死去活来天昏地暗。就在这个时候，我那个早婚的同学果然带着四个月大的孩子回了娘家，原因是她的丈夫出了车祸，她不仅做了妈妈，还做了寡妇。听到这个消息的时候，我正望眼欲穿地守在园子里，等待着与恋人的约会。我想我该为她叹息一声或者掉几滴眼泪什么的，但是没有。恋爱的兴奋占据了我所有的情绪。海棠花在我的身边一朵接一朵地开放，无声无息，一如既往。一阵微风吹过，那成片的花朵海浪般地起伏，像藏满了精灵，涌动着，不安分地翻弄着那个春日的黄昏。

大杂院儿里的艺术人生

在这个大杂院儿里,我住了九年,从六岁到十五岁。许多年过去了,大杂院儿里琐碎贫穷又不乏温情的生活依然沉在心底。匠人,老师,房东老太太……

摄影师

摄影师姓赵,二十多岁,在当时是我们县城唯一一家私营照相铺的老板,满大街的人都叫他赵师傅。

据说赵师傅是偷偷卖了家里三只羊,揣着八十多块钱到省城买了两块镜片,自制了一个照相机,而且成功拍出了照片。爹娘在掂着破鞋满村追着打了一顿之后,心疼这个拿三只羊换来的基本毫无用途的照相机,才又卖了几袋子粮食,在县城租了间破旧的门面,给他开了个照相铺。

那间铺子有二十来平方米大小,低矮的房门吱呀作响,门上被刷过一层又一层的油漆。但他的铺子有一个漂亮的橱窗,时时更新,三天两头挂出出人意料的好照片。人们都说他拍出的照片就是特别,虽说是黑白的,但却分明能让人感觉到颜色,能分辨出赤橙黄绿青蓝紫,能传递四季流动,春日暖阳,秋叶落红。虽然他偷卖家里的羊买相机的往事被广为流传,但不影响他门庭若市,生意兴隆。

忽然有那么一天,赵师傅铺子的橱窗里,惊世骇俗地展出了一组女孩子的写真照片。其中一幅是一个十五六岁的女孩子,一顶黑色绒帽子遮去了上半部面孔,只外露一点红唇,肩部裸露,黑裙遮胸,长长的黑裙上散落着一大束红玫瑰。

拿现代话来讲，惊艳！绝对惊艳！

但是那个时代的人们没有能力使用"惊艳"这样的词汇。或者说这个词汇在当时已经褪色，无人认得，无人记起。那是一九八一年。

那张照片是小城里的人们见过的第一张真正意义上的彩色照片，无论是审美意识、构图、色彩冲突，都具有创造性。也许这种创作，将使赵师傅完成蜕变，由一名照相师傅蜕变成真正的摄影师。这种蜕变才是他当年偷卖三只羊的真实初衷，他将由此走向他真实的人生轨道。但是这一切不属于那个满大街灰蓝色调的世界。那张照片挂出之后，小城一阵躁动。人们成群结队地去围观，惊叹，指责，谩骂，唏嘘之声不断。它好像触动了所有的人。它抓挠了人们的心思，让人惴惴不安，蠢蠢欲动，欲罢不能。大概在照片挂出的第三天，赵师傅便因"拍裸体照，耍流氓"被派出所带走了。

他无招架之力。他无法解释他为什么拍那样的照片，更说不清楚面对面指导一个露肩的女孩摆拍造型算不算耍流氓。他语无伦次，胡搅蛮缠。于是，他黢黑的皮肉和矮小的身体为他的不老实付出了惨痛的代价。据说当鲜血从他的腿上渗出的时候，他紧咬的牙关居然松开了，甚至脸上有了笑意。鲜血渗出，由鲜红渐变成乌色，这种渐变让他眼前发亮——玫瑰色，他要的就是这种色彩。配黑色幕布，同色唇彩，雪白的肩和质感的黑裙，他的眼前出现了一幅更为完美的照片，对，比想象中的更完美。他笑了，突然间，又一记耳光扇过来，他眼前一黑，一切都没有了。接下来，他突然撕心裂肺地哭起来，不是因为疼痛，而是因为眼前完美的照片没有了。他说，打死我吧，你们打死我吧……

他没有被打死，只是被关了十五天，然后他拖着已经残废的腿爬上了一辆摩的，被拉回他的照相铺子。铺子的橱窗已经被砸碎，地上的玻璃渣子尚未清扫。摩的师傅帮他打开了那扇吱吱呀呀的门，扶他进屋。他已身无分文，他答应日后免费为摩的师傅拍一张全家福。

他的生意也就此凋零。他把室内剩余的几张照片摘了下来，包括几个孩子的百天裸照。他拖着残疾的腿再次开张的时候，拒绝所有的女顾客。把门前那个展示作品的橱窗用砖头封了起来，只在墙面上挂上了镜框装的黑白照片，大多是遗照。唯一与众不同的，是增加了修复业务，那些发黄的、破损的老照片，他能够用铅笔画儿给补上，翻拍，修理，尽量把那些照片拍得没有任何生气，因为那些照片需要足够的庄重。这样的生意没持续多久，因为他的腿疾没能及时治疗而日益严重，他的两条腿再也不能稳当支撑身体让他摆出一个手端相机的姿势。终于在几个月后的某一天，那个被他打理得像灵堂一样的铺子关门了。

据说他回到老家后，干不了农活，穷乡僻壤又没有其他活计，只好拖着残疾的腿继续放羊。而乡亲们则把他看成异物，又有人把他偷卖三只羊买相机的事联系起来，就有了一个完整的故事：从小就不成器，偷自家的羊卖了买相机——一件不能吃不能喝的东西，长大了还是不成器，在城里耍流氓被打成残疾，因为不成器，才有了今天的样子。

后来听说他在放羊的时候，因腿脚不利索摔下山坡，死了。当他的尸体被发现的时候，身体已经僵硬，残疾的腿倒是伸得挺直，手却紧紧地攒着，掌心里藏着两片落叶，一片金黄，一片火红，色泽娇艳。

阁外婆

阁外婆就是我们大杂院的房东老太太。她并不姓阁，叫她阁外婆，是因为她解释了一个众人皆疑惑的地名——"阁"。人们惊喜不已，就半是戏称半是亲切地叫她阁外婆。

阁外婆真实姓名不详。据说是旧时大户人家的独生女儿，通情达理，识文断字，心性极高，却终生未嫁。她居住的那个临街的大杂院儿，是她家里的祖业。她的父母开明，在1949年之前已经把大部分财产捐赠给解放军，所以在解放的时候，在政策上对他们一家人也就相对宽大一些。这个大杂院当时是食品加工厂兼点心商铺，就按商业用房保留了下来。

阁，是小城的一个标志性地名，附近没有任何突出标记，也没有人说得清来历，但大家却都叫得十分顺口。阁前，阁后，阁路口，阁跟前，阁，仿佛一个交通指挥官，东西南北都以它为中心。却并没人知道那地方为什么叫阁，阁是什么，字面怎么写。当时我叫的时候，心里总是以为是鸽子的鸽，因为发音最像，也最具可能性。所以每当想起阁，眼前便有鸽子飞翔。另一类人则认为那里住过姓阁的人家，以姓氏取的名。可实际上那里既没有人养鸽子，整个小城也不曾有过姓阁的人家。所以这个地名成了小城人们心中的共同谜团，令人百思不得其解。偶然有一天，邻居们在阁外婆面前提起此事，阁外婆却哑然失笑，她说，是阁，楼阁，清朝年间就有了，现在那个阁楼不是还在吗？众人恍然大悟，阁外婆的称呼也就传开了。

记忆里阁外婆是小城里唯一懂得"阁"的女人。虽然那时候她已经七十多岁，但我依然称她为女人，而且是一个知性优雅、生活美好的女人。阁外婆虽然终生未嫁，但对我们大家称呼她外婆却十分欣慰。当然，我们叫她外婆也是有缘由的，一是大杂院是她娘家，我们为邻当然也应该把自己当作娘家人；二是论辈称呼，我们的爷爷辈叫她姐，父辈叫她阿姨，我们当然应该叫外婆了。虽是邻居随了称呼，但我们却叫得很亲，阁外婆也答应得很亲切，没有生疏和距离，一切自自然然。后来，院子里那些大哥哥大姐姐们谈了对象，领进大杂院的时候，都是先介绍阁外婆：这是阁外婆。阁外婆答应得幸福又亲切。为此阁外婆说，我这个外婆也算是熬到时日了，不仅孩子们叫外婆，连媳妇女婿都叫我外婆。

其实，当时，至少我，对有这样一个外婆，感觉十分满足和欢喜。阁外婆性情温和为人精细，时时传递着知性优雅的女人气息。作为女孩儿，那些气息对我有极大的吸引力，令我心向往之。很多东西都想学着她做，哪怕是那么一丝一缕，哪怕仅仅是"有点像"。比如阁外婆的餐具只用青花瓷的，碗，盘子，小醋碟，无论新旧、大小，必是青花瓷。比如她做饭的时候，对每一粒米、每一颗豆子都有美丽的称呼。她把那种长条的白米叫作长船仙，把那种椭圆的米粒叫作鸽蛋蛋。阁外婆的生活十分简单，常年都吃腌制的小菜。而大多又来自院子里的那棵香椿树。春天的时候腌制嫩芽，夏天的时候将香椿叶子捣碎做调料拌面条，到了秋天，她会把又老又硬的香椿叶子全摘下来剪碎，用小缸腌制起来，每天往青花瓷碟子里放一点，一直吃到第二年春天。我并不知道香椿的老叶子腌制起来是什么味道，但每次看见阁外婆拿筷子从青花瓷碟子里夹菜的样子，便口水直流，那是一个女人安详地品尝世间香甜的模样。阁外婆说过，女人做什么都要细筛。细筛，是方言，是细致的意思。但是这两个字从阁外婆口中说出来，我觉得格外美丽，觉得更能传达女人细致的内涵，所以，在这两个字上，还是用方言更好。

阁外婆年轻的时候爱看戏，戏不过瘾，就读戏文。她说舞台上的表演太浮华，读书才最有意思，字里行间满满的都是戏。她说特别是折子戏，都是全本中的精华，最耐读。所以，她说话的时候随时能带出大段的戏文和解析。比如说起《牡丹亭》中"待打并香魂一片，阴雨梅天，守得个梅根相见"一段时，她便会红了眼圈儿。据说她年轻时并非不嫁，而是意中人早逝，她性子决绝，要守得个梅根相见。

她未嫁，并不是不爱，她懂得人世间最深沉的爱情。阁外婆常说人生就是一台大戏，而她本人，则胜似名伶，一生一世守着心中情意，是个永不衰败的角。对于世间万事，人世沧桑，心上划过的种种痕迹，都优雅地珍存。关于小城，她能准确地述说哪年哪月甚至是发生在几点几分的大事，以及具体的场景。据说当年她的心上人是死于战火，但她从未抱怨过，只是认真地厮守内心的情意，等待梅根相见。

阁外婆一直有染指甲的习惯。她手上除了拇指和食指，其余三个指甲留得很长，用凤仙花染红后很漂亮。夏季凤仙花开的时候，她会挑灯为我们院子里的女孩子都染上红指甲。有一年她为我们染完指甲的时候，给我们讲她当年染指甲的情景。她说她染指甲很细筛，花儿要采一样红的，包指甲用的蚕豆叶子要一样大小，缠指甲的红线要一样长短……那个人——看得着迷。那是阁外婆第一次在我们面前提起"那个人"，她的眼睛里竟然流露出小姑娘一般的甜蜜与娇羞。然后又对我们说，你们小姑娘家，要记住外婆的话，做事做人都要细筛，细筛，对女孩儿很重要。

我们齐声说，阁外婆，做女孩，要细筛，很重要，我们记——住——了——

那一年，阁外婆八十一岁，白发苍苍。

画 匠

画匠也是我们那个大杂院的租客，真实姓名没人记得住。因为他心情好的时候就摆开阵势在院子里画油画，房东老太太就叫他画匠，邻居们也随着叫他画匠。当年的画匠四十多岁，跛脚，花白头发，脸色常年不好，有点白菜叶子的底色，给人的印象是介于中年人与老年人之间，也介于正常人与病人之间。他单身一人，租住的是一间十五平方米左右的小瓦房，房间光线很暗，所以他作画的时候需要院子里的空间和阳光，就把材料都搬到院子里去画。

大家对画匠的称呼，其实含义不一。房东老太太叫他画匠，有对手艺人的尊重，语气中总是把"画"字念得很郑重，而"匠"

字较轻，语气中突出的是"画"，是郑重地表达他的技能。而其他人叫起来，则有明显而无意的轻贱之意。会把"画"字叫得更重，甚至轻轻地向下拐一个弯儿，而"匠"字呢，则是轻而又轻、毫不经意地带过，仿佛手握一把利刃，狠狠地刺进去，还要顺手向下一滑，然后心满意足地在嘴角带上一点讥笑。以这样的语气加上"画匠"的字面含义，确定他的匠人地位。

画匠其实并不是只会画画儿，他称得上是多才多艺。他平时靠做工艺活儿糊口，干得最多的是为单位书写标语，为室内外做壁画，也刷门头，干些油漆活。但他算不上勤劳，干活三天打鱼两天晒网，只要按照他自己的标准，手头上还有足够的生活费，暂时不为三餐发愁，就会推掉一些活计，闲适起来，再歇一阵。拿房东老太太的说法是一年里有一半时日是给糟蹋了。所谓被糟蹋的时日，拿现代话来说应该是给自己空间做自己想做的事情，比如创作，比如下象棋，打扑克。有时候会听到他在那间毫无光线的租屋里拉二胡，嘤嘤嗡嗡，慢慢的声音就会明朗起来，就会搬凳子到院子里拉。二胡质量不好，但他拉得认真，也是有曲有调，还是见功夫的。休闲的时候，就是毫无目的地出去游荡，早出晚归，据说是去茶馆喝茶，一壶茶喝上一整天。更多的时候，是在院子里作画。他会把油彩画布摆得满院子都是，专心致志地作画儿，画山水，画静物，还为院子里的一个小姑娘画过肖像，或者说是让小姑娘给他做过模特儿。除此之外，他还收集民俗资料，到兴头上，会一连多日埋头整理，自己刻制蜡板，油印出来线装成册。他所做的这些事情，在邻居们看来大多是无用的，加上他孤身一人，身世不详，生活邋遢，日子过得捉襟见肘，人们便以此为由认为他是个不务正业的懒汉，所以叫他画匠时那种语气里的轻贱似乎也就合情合理了。

画匠本来是个地地道道的小人物，勤也好，懒也罢，平时没几个人能记起他。但突然有一天，他成了人们谈论的焦点，几乎整条街都在谈论他，那些平日忙碌的、与画匠不相干的甚至是从未打过招呼的人，都在两眼放光地谈论画匠——画匠因嫖娼被拘留了！还罚了一千块钱！因为他缴不了罚款，他姐姐从乡下来给他补上的！消息被传得沸沸扬扬，而且越传越详细，有人说画匠嫖的那个妇人多丑陋，有人说画匠被抓的当时多狼狈，甚至还有人说画匠的姐姐来交罚款的时候是如何无地自容。大杂院的邻居们则是像受到了某种侮辱，像是自家出了什么丑事，表面上充耳不闻，关起门来却连说带骂，悄悄议论房东老太太怎么招来这么个活宝，丢人现眼。总之，那些天，画匠引起了人们的高度关注。

第八天，画匠耷拉着脑袋回来了。一路上，与他打招呼的人都带笑，把画匠叫得更响，依然是那种重音加拐弯儿的腔调表达的讥笑，把河南方言的表现力发挥得淋漓尽致。而画匠呢，把头耷拉得更低，一声不吭。当他走进大杂院，房东老太太第一个看见他，忙上前拉住他的手说，孩子，吃饭了吗？这突如其来的关切，让他突然像孩子一样呜呜地哭了，人跪下来抱住老太太的腿，他说，大娘，我没脸见人了，我丢人了啊，我没脸见人了……老太太把他拉起来，说，回屋吧，回屋歇歇吧。

一连三天，没见画匠出门，邻居们倒是好奇，不时有人压着脚步去窥探。房东老太太说，别打扰他，让他歇歇吧，他难为情啊。但到了第四天，还不见画匠有什么动静，房东老太太突然意识到了什么，连忙去敲门，没人应，再敲，还是没动静，老太太慌了，连喊救命。当邻居们把画匠的门撬开，画匠已经死了！

依然是乡下的姐姐来为他料理后事。收拾遗物的时候，他姐姐哭得一塌糊涂。遗物中除了一副床板，一套行李，还有一把二胡，两幅未完成的油画，床头三个干透的小笼包子和五本油印的民俗资料。他姐姐又是一阵痛哭，夹杂着对弟弟的数落，她说分家时家里有他一间房、一亩地，本可以在家好好过日子，他偏偏不安分，说进城做工可以赚现钱买颜料，可以画画儿，功不成名不就这么把命给送了！姐姐的哭声夹杂着诉说，夹杂着大把的鼻涕，浑浊得不成样子。而围观的人们，则越听心里越不是滋味儿，渐渐地红了眼圈儿，再看看画匠留下来的几幅油画，还真是挺好看的。

刘指挥

刘指挥，是个绰号，意思是乐队指挥，是大杂院里最雅的一个绰号了。刘指挥早先是一所中学的音乐老师，会摆弄各种乐器，会指挥合唱和乐队演奏，被邻居们简称为"指挥"。

刘指挥因家庭成分问题被下放到一个偏僻山村改造，后因落实政策返迁回城。在乡下十几年，他的人生仿佛没受多大影响，顺利娶妻抱子，情趣爱好一点儿没丢。返城时像一株茂盛的藤类植物，拖着一大串的收获——一个贤妻和五个高矮参差的儿女，一个枝繁叶茂的家。除了带着一连串的儿女、贤惠的妻子，还有另一串果实：就是十几年来在民间收集的一堆乐器。其中有唢呐、琵琶、小皮鼓、二胡、笛子，甚至还有一把新疆的热瓦普。据说买那把热瓦普的时候，三个女儿都已出世，全家每月每人平均生活费不到七块钱，可他竟然拿二十块钱买了把琴。而那把热瓦普的来历更传奇，是一个村民的祖上奉命镇守边疆，回乡时带回来的宝物。且不管是不是宝物，刘指挥买它的时候，那把琴仅剩下一根弦，而弦子下面的铜制把子也已严重损坏，残缺不全。幸好这家伙遇到了刘指挥，损坏残缺都不是大碍，起死回生，依然是件宝贝。刘指挥娴熟于修琴制琴，他家那架古筝就是他自己做的。

那时候，我们的大杂院儿里都是老房子，破旧不堪，租客大多不太讲究，拿房东老太太的话说，是临时藏住头而已。所以频繁地有人搬家，进进出出，十分热闹。刘指挥，租两间半坡瓦房，大概十四五平方米。搬进院子的那天，夫妻俩带着五个子女，虽然家徒四壁，却也是整个院子里最热闹的一家子。房东老太太像对待其他租客一样，指着柴房那些常年陈积的宝贝让他选用。他选了一个快要散架的木轮车架子，支起来当床用——七口人只从乡下拉回一套铺板——这寒碜的家境让他双手绞着衣襟红了脸，不停地道谢。

两间房除了破烂的家当，四面泥墙倒是生辉，他的宝贝乐器像一群仙子，古朴清卓，个个泛着仙气在墙壁上安家。于是，风雨飘摇的租屋便不同寻常，不像一个破落的家，更像特意设计的古朴的展厅，让人顿生敬意。五个孩子个个识谱认字，精灵豆子一般。大女儿弹琵琶，二女儿吹笛子，三女儿弹古筝，他的说法更生动，叫"抓筝"。一个"抓"字足以体现古筝的艳丽与热闹。大儿子弹热瓦普，三岁的小儿子则像模像样地击打小皮鼓。二胡曲《赛马》本是二胡独奏曲，刘指挥却别出心裁，把它改编为民族乐器合奏，五个孩子集体参与，他本人拉二胡掌管主旋律。小小陋室盛装一个乐队，少有的热闹，少有的清静。风儿入窗，也有丝竹之声，雨儿滴答，也是音乐节奏，生机勃勃，朝霞满堂。

我们真正目睹刘指挥的风采，让我们对他刮目相看，是两年后公社的一次大型会演上。那天刘指挥一改往日朴素的着装，穿了一件烫熨得平平展展的蓝色涤卡中山装，理了头发，端正潇洒，意气风发。当他手拿指挥棒走上舞台的时候，一下子站到了一个令人瞩目的高度，我们邻居们从未发现他有这样的高度。甚至有人形容他挥洒自如，气势磅礴，神圣感十足。他一连指挥了十几个合唱，兼指挥乐队，几乎占领了整个舞台。音乐的轻重缓急都随他手中的指挥棒流动，而他，从容不迫，游刃有余。我们突然发现原来我们院子里住着这么一个人物！真的是个了不起的人物！

那次会演后不久，刘指挥在学校分到了房子，举家搬走了。搬家的阵容与来时一样，一个架子车便装了全部的家当。五个孩子倒是更有模样了，欢天喜地，每人抱一件乐器在后面跟了一队——一串可爱的小宝贝儿。

房东老太太劝他把那个木轮车架子也带去，继续给孩子们做床用，刘指挥说学校的房子里配了两张床，够用了。当他把房门钥匙递给老太太的时候，老太太轻轻地叹了口气，说，你这一走，这个院子里可是少了风景了！

我动手写这篇文章的时候，听到刘指挥过世的消息。据说他最后的几年里患老年痴呆症，糊涂得连儿女都认不全，却依然会弹奏乐器，能听出电视里播放的乐曲曲名。他的几个儿女生活状况也不尽如人意。大女儿、二女儿当年上了地方戏校，毕业后在当地剧团乐队工作。后因剧团解散，生活拮据，便自己组建了民间乐队，专赶红白大事的场，以吹唢呐为生。三女儿因患白血病早年夭折。大儿子子承父业，在一所乡小学当了音乐老师，娶了当地姑娘，扎根农村了。唯有小儿子考了大专，毕业后在政府部门工作，是个科级干部。

油漆匠

油漆匠住进大杂院儿，就像他的爱情故事一样传奇。

其实他那天走进我们大杂院儿并不是为租房，他是走家串户找活干。他说他会油漆家具，还会写字画画儿，价钱随便给。那是二十世纪八十年代，不定价随便给的事儿还真是稀奇。

房东老太太踮着小脚去倒了碗水，招呼他坐下，细问，小伙子是南方人，一路走家串户做活到此地。而房东老太太呢，正好有两件家具油漆剥落得不成样子，想请人重新油漆，于是小伙子接了老太太的活儿，第二天就开工，认认真真地干了起来。小伙子还真是有才，不仅漆活儿干得仔细，还说帮老太太在柜面上画幅画儿。画什么画儿呢？老太太看门口那株胭脂花开得正好，就随手一指，就画那株胭脂花吧。半天工夫，那株胭脂花就活灵活现地开在她的柜子上了。这一下可就让老太太怜惜起这个年轻的手艺人来，于是她腾出柴房，对小伙子说，不嫌弃就住这儿吧。

从那天起，我们大杂院儿便又多了个邻居——油漆匠。

油漆匠住下不久，便写信让他对象来了，女孩与油漆匠来的时候一样，没有家当，只带着随身衣服。两个一无所有的年轻人，就这样在柴房里安了家。

那个家，一贫如洗。屋里的床是老太太闲置的一个木轮车架子支的，捡了几个纸箱做柜子用，唯一一件添置的东西是一个切菜的面板。这块板子可真是物尽其用，做饭的时候是面板，吃饭的时候支在纸箱上是餐桌。连一只多余的碗也没有。油漆匠个头不高，每天都是一条蓝裤子，一件洁白的衬衣，而他的妻子兰芝，长相甜美，加上一口吴侬软语，总生出兰花的馨香。夫妻俩每天出入简陋的柴房，仿佛童话一般，安安静静，脸上挂着甜蜜。油漆匠早出晚归，兰芝打理家务，她把柴房收拾得一尘不染，玉米面饼玉米面粥加上咸菜，早早地做好包起来，等待着油漆匠收工。兰芝针线活也做得好，为油漆匠缝补的衣服，比缝纫机做得还好，引得邻居们争相传看，怎么看都看不出那针脚是怎么走的，兰芝的脸却红了，脸上两片绯红云霞，满是娇羞。那针脚只有兰芝才知道，是从心底走过的，是针尖挑着心思一点点绣上的。小夫妻的日子安安静静，仿佛养在玻璃罐子里不食人间烟火的水生植物，透明清爽，让邻居们羡慕又怜惜。

一年后，他们的女儿出生，取名花朵。花朵的到来使小柴房里更生出了一层温馨，童话宫殿更为温情。油漆匠也在一个邻居的帮助下找到了"大活儿"：为机关书写标语，还为一个工艺美术店书写书法作品。小柴房也渐渐得到了补给，添置了几个小凳子、暖水瓶，锅碗瓢盆也齐全些。小花朵的用品却是十分齐全。油漆匠说，宝宝不能受屈。

花朵满月的时候，油漆匠下厨，在院子里摆了一桌满月酒，请了全院的邻居。他请房东老太太坐主座，给老太太深深地鞠了一躬。他说，没有老太太这间柴房，没有这些善良的邻居，就没有他这个宫殿一样的家。他当众从小柴房里拿出一把崭新的吉他，是送给兰芝的礼物。

这个礼物把众人愣住了！兰芝却抿嘴笑了，娇羞似的感动得直抹眼泪。油漆匠几乎骄傲起来，他向大家敬了一杯酒，告诉大家，他与兰芝是同一所艺术中专毕业的，毕业后在老家同一所学校教书。兰芝教音乐，他教美术。他们是读中专的时候恋爱的，因为都姓张，双方父母都坚守同姓不通婚的古训，坚决反对他们的婚事。太委屈兰芝了，一年多没弹琴了。兰芝抹着眼泪说，他也是被逼无奈，父母逼他和另外一个姑娘结婚，他就先逃了。逃？！哦，邻居们恍然大悟。

有了孩子，夫妻双方家庭都屈服了，开始是大包小包给他们寄东西，后来就远远地跑来看他们，再后来一求再求，求他们回家去。

他们终于离开了大杂院儿，回南方去了。走的时候邻居们集体送他们到火车站，热热闹闹地挥手道别。前些年夫妻俩又回到我们的小城，想再见见大杂院儿的邻居们，只是房东老太太早已过世，大杂院儿也被开发成居民楼了，无踪可寻。最后打听到一个当年的邻居，也已卧床不起。据说他们夫妻回去后丢了工作，兰芝开了个小提琴辅导班，油漆匠开了个工艺美术店，生意红火。夫妻俩一生恩爱如初，一辈子没红过脸。花朵已经成家，他们时常梦见大杂院儿。

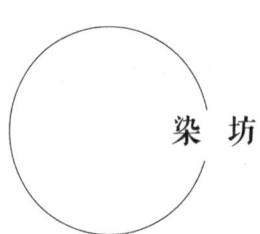

染 坊

我刚刚记事的时候,也就是七十年代初,我们小镇的老街上还开着一家传统的染布作坊。据外婆讲,那个染坊开了好几十年了,旧社会是地主家的,新中国成立后就归了生产队,是公家的。但是换汤不换药,染布的业务不变,忙碌的季节也不变。方圆十几个村子,收了棉花,冬季农闲了纺线织布,年前拿到染坊去染。我在路边玩儿的时候,时常会碰到问路的,问这里是不是染坊街,去染坊怎么走。我便一路小跑,骄傲地给他们带路。

染坊的两个染布师傅,一个姓刘,大家叫他刘相,一个姓李,大家就叫他李相(沿用旧时的称呼,学徒、长工都称相公)。旧社会他们是给地主扛长工,管吃管住没工钱,新中国成立后是生产队记工分,虽然染布比种田活儿轻,但是属技术活儿,按十分劳力记工。刘相是李相的师傅,年纪长一点,当时有五十开外,待人和气,谦恭知礼,独身一人,晚上他就住在染坊院儿看院子。李相当时也四十开外,为人厚道,稍显木讷。虽不善言语,但他的热情厚道与师父无异。乡亲们寻个私事,求他们帮忙染件旧衣服旧被单什么的,师徒俩总是有求必应,染好了就由李相抽空送过去。其实李相是挺为难的,那年头,做这事是揩社会主义的油,让队长会计知道了是吃不消的。但是,如果哪一阵子开缸染布了没人来求他帮忙,他又会像欠了谁似的,见人就笑得格外实在,还会说有活儿就说话啊,我除了会染块布,还能帮谁啥啊。李相是刘相的高徒,配料、印染、火候都很到家,所以也就独挑大梁了。活儿再多,李相也会对刘相说,你歇着,我自己慢慢来。刘相则会像疼爱儿子一样为他倒杯热水,拿条毛巾擦去染在他脸上的颜料。若是恰巧给哪个过路的看见了，就会笑嘻嘻地说，干脆认李相做儿子算了。刘相则会幸福地说，认不认没关系，当儿子疼就行了，我是从小看着他长大的。其实，李相那时也已经四十来岁，说话做事也像个慈祥的老人，我看他们更像兄弟俩，花白的头发看起来差不多。

染布的季节里，四间房子那么大的染布作坊里，一只只又深又大的染缸被染布时溢出的颜料染得花红柳绿，像一群穿着花袍的大胖子，鼓着大肚子，生气似的咕嘟嘟地冒着蒸气。刘相总不让我们去里边玩，他对大人们说那染缸煮出来的蒸气有毒，小孩子娇贵，闻多了会伤身体。对我们则说，再往里跑得染个大花脸，还举着蘸满颜料的大手吓唬我们。当我们叽叽喳喳散开的时候，背后总能听到他慈爱的笑声。染坊院子里是可以去玩儿的，满院子架着高大的晾布架子，李相像玩魔术一样把染好的布抛得老高，然后和我们一起仰着脸看着那布在空中漂亮地翻转，展开，像仙女的飘带一样飞旋飘展，哗啦啦地落在晾布杆子上。彩旗一样悬着的布匹在带着热气飞旋的时候，天空总是很蓝，很干净，偶尔还会有一群洁白的鸽子带着哨声从我们头顶飞过，整个季节都被染得祥和明丽起来。

活儿少的时候，染坊倒更热闹，染坊院子里的槐树下，中午时候是饭场，晚上是书场。那时候午饭习惯上差不多是在偏午，也就是一点来钟。但是很有规律，家家户户像商量好似的，烟囱从出烟到息烟前后差异不会有二十分钟，袅袅炊烟像村子上的时针，齐刷刷地往上走，然后四散，掌握着整条街的日子，有香甜，更有笑声。当街上的烟囱陆续停息下来，染坊院子里的大槐树便会像磁石一样将街上的人们和那些千篇一律的饭菜吸引到树下。东家是煮红薯炒萝卜，西家是炒萝卜煮红薯，偶尔谁家端来的是炒白菜，那就得跟大家吃"对壶"，萝卜白菜放在一起大家吃。吃完了笑，笑完了再回去端，端来大家接着吃，一顿午饭一台戏，一台戏装满一个染坊院儿，笑彻一条街。

晚上的染坊院儿就安静了许多，大家都安安静静地来听刘相扯瞎话儿，就是讲故事。到底是沾点文化气息，拿邻居大叔的话说是听书就得有听书的样子。所以大家自觉地安静起来，连走路也没有在田间锄地时那种粗犷了。刘相就特别精神，开讲三国，或是水浒，也讲聊斋，总是掐指算着一个季节只连续讲一部书，也算是备了课了吧。讲的时候也是有板有眼，还时不时地捋一把胡须，我总想笑，因为他那胡须实在太短，根本搂不进手掌去。像他讲的那些故事，时常会狼腿狗腿一块拉，比如吕布怎样上的梁山，林冲怎样识破曹操的计谋。但大家确实听得热热闹闹，高潮的时候还屏住呼吸，攥着拳头，如痴如醉。其实故事中的漏洞我也是在后来读了书之后才发现的，当时听得也入迷。因为在我们那条街上，刘相除了染布手艺高，活计轻，还有很多优势，比如他单身一人，徒弟又体贴他，空闲多。虽识字不多，但囫囵吞枣读书多。

这家说，刘相李相，师徒俩都是好人啊。那家说，吃苦受难打长工熬出来的人，知道人情远近世道冷暖啊。刘相李相说，乡里乡亲的，聚在一起不容易啊，远亲不如近邻。

一九八三年，染坊锁了门，关闭了。仿佛是一夜之间的事情，猝不及防。但仔细回想，我突然发现已经好久没有去大槐树下吃午饭了，已经好久没有听到刘相说书了，已经好久听不到那响彻小街的沉闷而有节奏的捶布声了，也已经好久看不到那五颜六色的旌旗在晴空下飘展了。改革开放几年了，染坊的生意也实在是没有了，连常年纺线的外婆，也在那一年把那架支了几十年的纺车收了起来，辗转放了好几个地方，还是觉得碍事，当柴烧掉了。因为一九八三年，棉花比漂亮的印花的确良布还要贵。

染坊锁了，染坊院儿的人群散了。听书的人散得早，刘相和李相师徒俩散得晚。追忆起来，大概是在大家都承包了田地之后，劳作时间的安排有了很大的变化，有些人农闲的时候还做起了生意，那些听书的时间都用来走南闯北进货去了。我们家对面的张家就开了一个店，专卖各种布匹，五颜六色的鲜艳，像是春天的花夏天的柳，花枝招展得惹人喜爱，而且全是匀称耐用的化纤面料，齐刷刷地摆满了整个门面。张家太太是个扎花能手，活生生把那些布匹扯开一头，别出心裁地挽出各色各样的蝴蝶结挂着，过年的时候，她的生意最好，好过了当年的染坊。刘相和李相也分开了，刘相去田间为大家义务看麦场，住进了远在田间野外的三间原生产队的库房，一边耕种着他自己分得的一亩二分土地，一边守着整个生产队许多年的骄傲——十几座小山一样的麦秸垛。中午时分，刘相燃起的炊烟也会袅袅升起，但瞬间便在旷野飘散。一缕轻烟无法抵挡原野的风，日子的时针零乱了。

李相在离染坊不远的地方开了家染纸店，染各种颜色的冥用纸张，也刷锡箔纸，后来还扎制花圈。笑声依旧，只是不如从前厚道了，有点斤斤计较。都说他卖的锡箔纸虽是刷得均匀厚实，但卖得实在有点贵。

二十年后的冬季，我又回到了染坊街。二十年的阔别，整条街道居然狭窄得让我认不出来了，当年的烟囱不见了，锁了门的染坊大院不见了，对面张太太的布店不见了，李相的染纸店也不见了。后来听说在新的城建规划中这条街不是商业街，两旁的店铺都集中搬到新建的商场去了。街两旁盖起了许多大大小小的楼房，贴着花好月圆恭喜发财的对联，一扇扇朱门紧闭。我终于艰难地找到了当年的染坊，却发现它被一座高楼覆盖了。

不愧是当年的染坊啊，在整条街上，那是一座最大的楼房。整座楼铜墙铁壁一般，灰色的房顶，灰色的墙体上爬满了灰色的防盗网，灰色的窗，灰色的门，铺天盖地的灰色仿佛是流泻的冬季，在小街狭小的天空下流淌，染冷了阳光，染冷了脚下的道路，染冷了记忆中的日子，染冷了我所有的视线。染坊，还是染坊。

回头的时候，发现远处闪了一点红色，一个漂亮的女孩子穿着一件大红的羽绒服骑着摩托车一闪而过，那是这灰色的天地里唯一的色彩。办这种事还穿大红衣服，不像话。两位老太太议论。原来那天是过世的刘相过七，那女孩儿是李相的孙女儿，李相生意忙顾不过来，让孙女儿代他去给刘相上坟。

　　另一位老太太说，也没啥，现在年轻人谁还计较这些，刘相无儿无女，李相能想着他，也算尽了师徒之义了。

风景里的小村庄

雁鸣庄

  雁鸣庄是进入景区的第一个自然村,景区大门就建在这里。山门是仿古牌坊式样,上面用鲜艳夺目的颜料画了许多花鸟虫鱼。导游介绍说,其实画这种画应该使用过去的那些自然染料才好。对于自然颜料,他没有过多谈及,我想这个年轻人所指的那些自然染料,应该是那些古墓中壁画上的色彩。不知他是否了解,在很多资料上显示,那些色彩原料久已失传,已经遗留在遥远的古代,我们只能望而兴叹了。

  雁鸣庄的附近,有许多景点,大多是象形的。比如龟寿石、月亮潭,都是些吉祥美丽的名字。而这个村子却以雁鸣为名。我稍有疑惑,问导游这个村子如何得名,他遥指前面的山梁说,雁群来往都要经过那道山梁,飞过山梁时总不忘叫上几声,叫声落在这里,就叫雁鸣庄了。说完,他不好意思地笑笑,说古辈子的山里人,就地起的名字。

  他对这个村名的解释和谦卑,让我顿生敬佩。忙问他是哪里人,他说,雁鸣庄人。

  哦。我点头。

  一个"落"字,为"雁鸣"作了注解:带着重量,带着金属的光芒,从天空掷下来,告知这片天空下的一个普通的小山村,雁与他们的一次普通而郑重的往来。和平,自然,平等而尊重,流露着与这个村子的某种意味深长的牵系。不是"鸿雁传书"的浪漫幻想,也不是"人生到处知何是,应似飞鸿踏雪泥"的感叹,而是诚,是意,是天荒地老。于是,厚道的村民抛却一切虚妄,以同样和平、自然、平等而尊重的深情厚谊,将"雁鸣"作为一种神圣的礼物、一种印记、一种心与心的呼应贴在自家的门楣上。这些村民应该包括这位年轻的导游。雁,鸣,庄,在这种尊重里自然融合,不必强调什么。

茶 庵

走出红河谷景区,朋友问我最大的收获是什么,我说,茶庵。

茶庵,听起来像一片佛家净土,实际上是一个自然村村名。这样的村名像我们古老的记忆,淳朴、谦卑、友善。作为传统民风痕迹,静静地保留在这个僻静的角落里。

用不着过多地猜测,茶庵,就是为路人施舍茶水的庵棚。那些逝去的年代里,在这样偏僻的山区,这种山民自发的便民形式是很普遍的。用茅草搭个庵棚,在棚下放上小桌石凳,桌上放上一壶凉茶,一把芭蕉扇,让远行路过的客人歇歇脚,喝口水。但是,当我在电脑上打出"舍茶"这个词时,立刻被自动校对系统提示画了绿线。电脑不懂这个古老的词汇。而现代人呢?还有几人能懂?我只是有幸有一个教过私塾、乐于为人授业解惑的老外祖父,才在我的记忆中播下了这个词语。记忆是这样的:舍,就是给人最需要的帮助,助人为乐,是积德。德,是美德。积德,是累积美德。一个人的美德多了,就是一个好人,好人就会得到好报。那时候已是"文革"期间,老外祖父已不能在路边搭庵舍茶,所以每有路人需要帮助,他总是不惜解囊。有乞讨者上门,即使自己不吃饭,也要将茶饭送上。我跟他学的第一句童谣是:冬舍棉,夏舍单,五月六月舍茶饭。老外祖父去世的时候,十里八村的邻里们都说他是好人。直到这个时候,我才明白,好报就是大家承认他是好人。老外祖父得到了好报。但他一辈子都在说别人是好人。他挂在嘴上的那些好人,许多都是一面之缘。比如说抗战逃难的时候，一路上都有大户人家舍饭，一家人一路吃舍饭活了下来。

茶庵，这个似乎已经名不副实的村庄名字，一闪念，就勾起我许多怀想。现在这个村子已被开发为风景区，许多民房已改为茶屋饭店。这个村名即将被统称为红河谷景区。茶庵，这个带着祖先的亲切气息的名字，也会像那些茅草庵棚一样，成为一个遥远的追忆。

苇子园

苇子园，是景区深处的一个自然村，与茶庵、雁鸣庄一样，地处偏僻，拥有青山绿水。苇子，是一种我非常熟悉的普通草本植物。但在写这篇文章时，我还慎重地查了《辞源》：苇，即芦苇。苇之初生曰葭，未秀曰芦，长成曰苇。这就是苇子。凭古人如此认真而诗意地赋予它们这些散发着清香的名字，就能想象它的俊逸、清秀和朴素。而苇子园这个村名，在苇子后面缀一个"园"，强调了它的规模，这里，曾有大片的苇子，甚至可以理解为苇子可以在这里自由生长、自由蔓延，可以亲切地把村子包围起来，作为绿色篱笆和屏障，围起一片清香四起、雨露滋润的绿色天堂——那时候这个村子应该只有寥寥几户人家，或只有一两户人家。倒回五十年，或七十年，在这片地处中原的深山区里，一两户人家组成一个村子的绿色天堂遍地可见。宋代诗人梅尧臣就在《鲁山山行》中描述：人家在何许？云外一声鸡。这些诗句应该是对这片家园的真实描写。我们完全可以想象，那是一个什么样的小村子，那个小村子拥有多么辽阔的山林远景，拥有多么让人羡慕的绿色自然，也拥有多么清澈的蓝天白云。记得老外祖父在世的时候，常常讲起那些地处深山老林里的人家的生活。那时候我不理解，老人家为什么在讲这些东西的时候，总是将那把白花花的胡须捋了又捋，眼神中总是流露出复杂的神情。他说大深山里才是真正的好地方，山里人才是真正的厚道人，他们厚道得能与狼虫虎豹友好为邻。他说每到夜晚，会有很多狼虫虎豹到山民家里找吃的，所以山里人都有习惯，晚饭一定要做上满满一锅，有多大的锅就做多少饭，因为人吃完了，还要喂那些串门的狼虫虎豹。动物是通人性的，再凶猛的动物也懂礼节：吃完了主人为它们留在灶台上的饭，无论多少，饱与不饱，都会安然离开，从不找主人的麻烦。而山里人的厚道也是一样的，哪儿是狼窝，哪里住着老虎，山民们心里一清二楚，但彼此相熟，却很少去伤害它们。

其实，我们驱车来这儿的时候，并不知道这个村子叫苇子园。当时只是爬过太多开发者为我们搭建的水泥道路和台阶后，累了，渴了，饿了，导游带我们来这里吃饭而已。当时导游介绍说这里很方便，修了很大的停车场，有许多农家饭庄，这里的饭菜质量可以与城里的酒店媲美。也就是说，在整个景区里，这里开发得最好。

导游没有介绍说这里叫苇子园，我们在这里也没有看到苇子。于是，隐于这个村庄名字里的那抹苇子的清香，那个苇子围起的绿色天堂，甚至没有给我们一丝遐想。落座后，我感觉导游言过其实地误导了我们，这个所谓的饭庄其实是一户山里人家，农家的特征非常明显。土坯房，柴草炊烟，砌在土院儿树下的锅灶，用猪油烙的喷香的葱花儿油饼，大铁锅熬的玉米糊汤。这一切让我闻到了久违的童年的味道——六七十年代的山村生活。特别是那位为我们做饭的老人，一个人忙碌，擀饼，翻饼，添柴火，仿佛一个遥远的身影。透过这个身影，我看到了奶奶、祖奶奶，看到了所有忙碌在炊烟里的慈祥的山村女人。直到临走的时候，我才清晰地看到她一头蓬乱的白发，她开了洞的上衣，她那双患有轻微青光眼疾病的眼睛，在炊烟中不停地流泪。这些，我不该忽略。是她告诉我，这里，叫苇子园。苇子园，一缕悠长的意味，留在我归途中的无限怅然之中。

　　回来的路上，有人发现了一簇金银花，长在小溪边。几个人一哄而上，有人建议连根拔掉。当几双粗壮的大手你争我抢近于疯狂地伸过去的时候，我想它们是保不住了。它们将像当年成片的苇子一样干净地消失。苇子，因为与这里的村民们天荒地老地相处过，作为一种印记刻在这里，今天，依然给人们留下一个可以畅想的名字。而这些金银花呢？可能在若干年后，没有人会知道在苇子园或者说在红河谷景区的小溪边，曾经生长过一丛多么漂亮的金银花。因为我们，只是不留踪影的过客。

家乡的端午节

家乡的端午节分忙端午和闲端午两种。忙端午就是正赶上麦收，人们忙于田里的农活，就不能一心一意地过节了，那就得起早贪黑地加紧准备。反正无论是忙是闲，香囊、彩线、楝锥、粽子、鸡蛋、新蒜、雄黄酒、炸油馍一样也不能少。闲端午，则是收完了麦子，颗粒归仓，带着丰收的喜悦和农闲的惬意，有足够的心情和时间安排节日，遇到这样的端午，让人格外欣喜。所以，每到农历四月下旬，那些当家的人们便开始翻翻日历，算算日子，到田里看看发黄的麦梢，计算端午时节能不能吃上新麦。

端午节的早晨是非常珍贵的，尤其是太阳出来之前，人们对平安的祈求和对自然的深情，都在这一刻用种种虔诚的细节，使天地间的一棵草一滴露都成了精华宝贝。祖辈相传用端午节的河水洗脸，一年中就不会害眼病，而且养颜护肤。门前的那条小河，被人们蹚来蹚去，雨天隔了路，还要被咒骂。但在端午节，那河水像是变成了琼浆玉液一般，受到格外的呵护。若是谁不小心把脚伸进了河里，便会像被烫了一样立刻缩回来，连声骂自己真是没成色。若是谁家的小孩儿淘气跳进河水里嬉戏，妈妈一定会手疾眼快地一把把他抓出来，给他一巴掌，这端午节的河水是让你洗澡的吗？后边的话不用说出来，仿佛端午节的河水还不够她们洗脸用呢。男女老少齐刷刷地蹲在河的两岸，相互打着招呼，认认真真地洗，脸洗了一把又一把，口漱了一遍又一遍，一定要让清冽的河水洗去污浊，透进肺腑，洗出一个凉爽爽的好日子，洗出一个清亮亮的好心境。

在端午节，村里人没有偷懒的，都会早早地起来采晨，山野里有拾不完的宝啊。洗完脸要在河边采上一把湿漉漉的柳叶,端午节的柳叶可是上等的清火茶,要精心地晾干珍存起来,是有大用场的。日后小孩子喉咙痛了,老年人胃口不好了,人们就会很用心地说,泡一点端午节采的柳叶茶吧。还有各类草药也是端午节采的最好,村里的先生也这样说。艾蒿草、苦菜棵,就连平时人们常说有毒不能碰的猫猫眼儿草,在端午节这一天也可以采回家晾干泡茶用。过了节,家家户户窗前檐下都会挂着各种草药随风摇动,即使晒干了还是用生白线扎得整整齐齐,搬家舍不得扔掉,平时舍不得用,有远方亲朋来了问起那是什么,主人会很郑重地告诉他,那是端午节采的草药啊。逢节假日或旅游季节,有三五成群的小学生或是踮着小脚的老太太,在提着篮子卖草药的时候,会特意强调,这可是端午节采的呀。

  雄黄酒是头天晚上就泡好的,两毛钱一包的雄黄加一块指头尖儿大的明矾,就够泡上半碗酒了,酒香加了雄黄的味道,有一股刺鼻的清香,酒的颜色也是黄里透红,半清半浊,轻轻一晃,沉在碗底的雄黄还沙沙作响。本来三两块钱一斤的粮食酒便有了一种特殊的神秘,引得本是常骂丈夫酒鬼的主妇和滴酒不沾的老人孩子们一个个伸长脖子,小心翼翼地端着那碗雄黄酒伸长舌尖舔一下,迫不及待地小啜一口。说不清是香还是辣,咂着嘴,那品得才叫认真呢。老年人说端午节的雄黄酒避邪,当年那白娘子不是喝了雄黄酒现出原形的么!小娃娃不能喝酒,那也没关系,细心的妈妈会用棉花蘸上雄黄酒,在宝宝的耳根、脖子、手腕和脚心儿细心地擦上一遍,说是擦了端午的雄黄酒,一年之中蚊虫不敢叮咬宝宝。雄黄酒大概就是那时候的宝宝金水吧。当然这一切都要赶在日出之前,端午节的活动最讲究不见红日。为了不误时辰,哪个主妇都不会忘记头天晚上把洗净的新蒜、鸡蛋装进四面透气的竹筐里,放在院落当中无遮无挡的地方,或者干脆放到瓦房的房坡上去,接取端午清露的滋润。而且要在天亮前收回来煮熟成为早餐，因为端午清露清火败毒要保佑一岁平安的呀。

孩子是妈妈的宝宝，是老人们的心肝儿，当太阳爬出来的时候，给孩子扎七彩丝线可是必不可少的。那是怎样漂亮的色彩啊！赤橙黄绿青蓝紫，一头妈妈扯着，一头奶奶牵着，照着朝霞捻啊捻啊，直到捻得均匀结实，才量着宝宝手腕脚腕把丝线剪开，一节一节地给宝宝扎上，穿着红肚兜的宝宝戴上七彩丝线真像年画里的胖娃娃一样好看。这丝线是要戴到六月初六的，到时候无论天有多么热，是刮狂风还是下暴雨，都要把它剪下来带到菜田里扎在茄子的紫花上，并要一遍遍告诉那花朵："七彩线，好飘带，五月初五人娃儿戴，六月初六茄花儿戴，有灾有病茄花儿害。"宝宝的平安可就在这美丽的歌谣里了。

村里的姑娘们大多已不善女红，但香囊还是要做的。于是，老太太们便有了自豪的机会，眯起眼睛一针一线地教她们如何裁布如何放香草如何缝制，还一再嘱咐说，现在日子好过了，别太小气，一定要把香草放得足足的。姑娘们也果然听话，把一个个绸缎面棱角形的、蝴蝶形的、搬脚娃娃形的香囊，做得精致可爱，镶金丝缕银线，香气袭人，虽是系在衣襟下，挂在闺房的帐子里，那香味依然是藏不住的，飘得满屋子香。

端午节的吃，是新鲜而丰盛的。油馍是自家炸的，纯绿色用料，自家种的麦子磨成的面，村前小河的水发的酵，自家榨的菜籽油，做得精心，吃得放心，送得开心。槲坠叶子是在村后山上的槲叶林里采的，是家乡的特产，清香清香的槲叶味儿，让外国人都眼馋，据说槲叶被称为绿色环保包装用品，前两年乡里还办了槲叶加工厂，加工之后真空包装出口卖了大价钱呢。槲坠就是用槲叶包上糯米红枣，在锅里小火焖上一天一夜，香味胜过江南粽子。煮鸡蛋和新蒜的时候，也是有讲究的，一定要丢几片艾蒿的叶子一起煮。这样煮出的鸡蛋青里透黄，呈现金色，没有腥味儿，煮出来的新蒜则雪白干净。槲坠和油馍都是亲戚朋友们来往走动的好礼物，特别是谁家新定了亲事，那端午节的礼是一定不能少的，姑娘的父母可是坐在家里静盼将来的女婿送槲坠油馍的，看看自己将来的女婿是否孝顺，亲家是不是通情达理。要不谁家生了女孩就说："哟，生了一个油馍篮儿啊。"丈母娘可就盼着这一天呢。而招待客人的时候，鸡蛋和新蒜又是必不可少的，往往是接过客人带来的端午礼物，必不让那篮子空着回去，死拉活拉也要装上几个鸡蛋，来而不往非礼也。

家乡的端午节，是掐着指头盼来的，父老乡亲们用家乡人特有的细致和虔诚，把这个日子过得丰富而隆重。

优雅的刑具

高跟鞋

提起高跟鞋，很容易想起"削足适履"，同时又会延伸性地想起西方童话中灰姑娘的继母与两个贪婪的姐姐，为了争夺水晶鞋，不惜勇敢地实践这个十分残酷的中国成语。而高跟鞋的出现，是不是真实版的削足适履呢？

关于高跟鞋的来历，说法不一，其中有个说法来自法国国王路易十四。传说他为了约束宫女私自外出，就让人设计出了类似刑具的鞋子，让宫女们穿上行走不便。一开始，宫女们集体反对后来渐渐适应了，她们反而觉得高跟鞋走起路来，更显女性的窈窕身姿。再后来，女人们竞相模仿，就成了潮流。

上面的说法，虽不可考，但高跟鞋也确有其"原罪"。在骨科医生那里，由于穿高跟鞋导致各种脚病的女人比比皆是。藏在漂亮鞋子里的疼痛，让她们龇牙咧嘴，但她们更关心的，是今后还能不能穿高跟鞋？

这不禁让我想起中国古代女人的小脚，高跟鞋的出现似乎与中国女人的裹小脚异曲同工。只是有小小的意外，高跟鞋是女人在叫苦连天中被迫接受，又在女人爱美的天性中流行开来，颇具喜剧效果。而中国女人裹小脚这个更为残酷的刑罚，起源竟然主动得多。多种传说均与王权地位、女人邀宠有关。一种说法是大禹曾娶狐仙为妻，另一种说法是殷纣王娇宠狐妖妲己，无论是仙是妖，她们都长着狐狸的脚。奇小的脚与人类不同，小脚狐仙因位居皇室，且得宠，引得天下女人纷纷效仿，把一双好端端的脚

裹起来，不怕筋断骨折。这恐怕是这个世界上最为人妖不分的荒唐事了。相比于西方女人对高跟鞋的接受，中国古代女人对小脚的效仿似乎更加荒唐，也更具野心和狠劲。

杜拉斯当年来到中国，看到中国女人的小脚时，突然叫出声来，这个只书写"生命中黑色哀伤"的女人当时看到了很多新鲜的东西：茶，皮货，丝绸，鸦片，她看得很从容，唯独看到女人的小脚，便大叫起来，而且在文章里做了大量的描写。

"看到了中国女人的脚。我叫出声来，它们以一种病态的缓慢成长着，我从没想象过人可以在痛苦中行走，中国人如此喜欢小脚的天性真是一种可怕的宿命……我幻想这些受到压迫的脚不顾一切还是在长大，宁可自娱而不愿取悦于人，膨胀，胜利，撑破鞋子，自我解放，最终长大。"文章的最后，杜拉斯说出了她美好的愿望，甚至可以说是一种呐喊。不知道她当时是否穿着高跟鞋，更不知道这位大文豪，看到高跟鞋是否也会有同样的尖叫，或是有过同样沉重的思考。

紧随着杜拉斯的呐喊，中国的新文化运动来临了，只是在文化运动中的人们的痛斥就没有杜拉斯那么含蓄了，而是直接把女人裹脚斥为"历史陈迹，时代陋俗""是残害女人心灵和身体的桎梏"……只是，女人这样血泪斑斑穿越了千年，精神和肉体的摧残是肯定的，但这坚守的奇迹可叹？可悲？可赞？

耳 环

在中国古代，穿耳戴环曾经是"卑者"的标志。明代《留青日札》中说："女子穿耳，戴以耳环，盖自古有之，乃卑者之事。"看来穿耳的最初意义并不在于装饰，而是一种略带屈辱的刑罚。还有一种说法稍为宽容，说是少数民族的一种习俗，为制约妇女左顾右盼，便在女子耳上打孔挂珠，以提醒她们生活检点，举止稳重。仔细想来，这样的要求似乎更符合汉族女子三从四德、足不出户的礼俗。不管怎么说，女子都处于被迫地位。与高跟鞋和胸罩一样，自古至今，女子在这种摧残式的被迫中，完全忽略了它的摧残成分，剥茧抽丝只发现了它的美，于是，穿耳之风盛行，从古代皇后嫔妃到今日的白领小资，大有"耳不惊人死不休"之势，引领各种奇思异想的耳饰层出不穷，甚至有些新潮男人也会在耳朵上点缀一颗亮晶晶的钻石。

某日在某个咖啡厅里，对面的女孩戴着一对垂肩的耳环，问她，沉吗？她摇头，笑容甜美地说不沉。再问她疼吗？依然是笑容甜美，不疼。若刨根问底的，再问，打耳孔的时候疼吗？女孩子不禁打个寒战，笑容却更甜美，怕说不清楚似的，把头摇得像拨浪鼓一样：不疼不疼，一点也不疼。

直到现今，女孩子就以这样的姿态坚守，从容解释着她的耳环，也从容解释着耳环晃动的优雅和骄傲。挂耳环的女孩之美，已无法分解，不知道是映日荷花的美，还是荷花自身的美。面对让人眼花缭乱的美，小女孩便眼巴巴地看着戴了耳环的大女孩，渴望自己赶快长大，耳朵也可以像漂亮姐姐一样骄傲一把。

有一个邻家的小女孩，等不及长大，四岁多一点，便嚷嚷着要扎耳孔。不知道是她挂着耳环的妈妈等不及还是四岁的小不点等不及，小女孩也兴奋到了极点，一大早就又唱又跳，说今天要扎耳孔。她的妈妈便做了精致的准备，用的是从姥姥那传来的古老的穿耳方法，摆了两只小竹凳，准备了麻油、红豆和一根闪着银光的缝衣针，场面颇具诗情画意，很有古韵，只是那根明晃晃的缝衣针带着小小的寒意。先用两颗红豆夹住耳垂，慢慢地捻，直到耳垂麻木了，用戴了粗线的缝衣针穿过去，然后把线留在耳垂里，过一段时间拉一拉，慢慢地拉出孔来。

让人捏出一把汗来，担心那个四岁的小不点儿忍受不了那根粗壮的缝衣针。即使那根针能快速地穿过那个嫩嫩的耳垂，那根要长时间留在耳垂里的粗线呢，能忍受吗？结果证明，这种担心毫不多余。因为当那两棵漂亮的红豆在她的小耳垂上挤动的一瞬，她便哇的一声大哭起来，两只小手又推又抓，拼命地挣扎。不仅要像妈妈一样戴耳环的远大理想没有实现，而且就此恐惧，对自己的耳朵护卫有加，不让任何人碰触。

那个天真的年龄还不会做出"一点也不疼"的姿态。后来那个小不点长大了，不知什么时候放弃了对耳朵的护卫，不仅打了耳孔，而且打了一小串儿，一只娇小的耳朵，竟然挂了七颗耳钉。于是，她的笑容也是甜甜的，七颗亮晶晶的耳饰闪烁光芒的时候，还说什么疼不疼呢？

胸罩

在胸罩发明之前，西方女人靠紧身衣塑身。紧身衣的材料可谓五花八门，且不说穿起来滋味如何，仅仅是制作材料，听起来就让人毛骨悚然：鲸髦、钢丝、藤条、铁、木头……无论你想象力如何丰富，也无法将这些冰冷僵硬的东西和女人的娇嫩的身体联系起来。所以，西方女人梦想腰肢胸部的解放。十九世纪初，就出现了这么一位天使，美国女人玛丽·菲尔普斯。据说她的父亲最早发明了轮船，是渡人跨越大海的先驱，是近代文明史上一位举足轻重的人物。但这个爱美的女人，却没有继承她父亲的事业去制造轮船，而是一门心思发明了胸罩，并且申请了专利，成了第一个批量生产胸罩的经营商，向全世界的女人输送她的发明。而女人呢，具有进化论中猴子祖先的天赋，是效仿的天才，不足一百年，满世界都是胸部高挺的美女。

西方女人从紧身衣里解放了腰肢和胸部，而一向含蓄内秀的中国女人却从此套上了文明的枷锁。因为在胸罩出现之前，中国女人是穿肚兜的。

肚兜是中国旧时女子最含蓄的私密衣物，且不说千针万线满藏女儿心事的女红，只论材质，就文明到了极致：棉麻、丝绸、轻纱……都是极其亲肤的质地，与女人娇嫩的肌肤鱼水相融。而且穿起来宽松惬意。灯光下一方肚兜遮体，或蓝或红，或艳或素，美好的身体若隐若现，朦胧娇媚，此刻的女人，每一个都如花似梦。但是，胸罩的出现与传播，让美丽的女人瞬时裸露，时髦的说法叫性感。乳房由一块含蓄的布幔遮挡变为两个钢圈的挤压，胸部高挺，身体瞬时失去了含蓄和自由。

　　西方女性的乳房与腰肢从钢铁绳索中解放出来了，她们欢呼雀跃，称胸罩为"随手天成的美物"，那个发明胸罩的女人玛丽·菲尔普斯被当作圣母般地拥戴，甚至载入了史册。但是对于中国女人来说呢？实在不是什么该庆幸的事，传统的肚兜似乎更值得留恋。每当妇科医生诊断出一例乳房疾病，就会无可奈何地痛斥胸罩：不仅海绵容易滋生细菌，还有固定胸型的钢圈压迫乳腺，它使我们亚洲人患乳腺增生的概率高达75%，钢圈压迫腋下淋巴排毒系统……多么可怕……

　　至此，真的很遗憾当时中国文化的传播能力，如果胸罩的市场被肚兜替代，将会给多少女人带来多大的福祉呢？

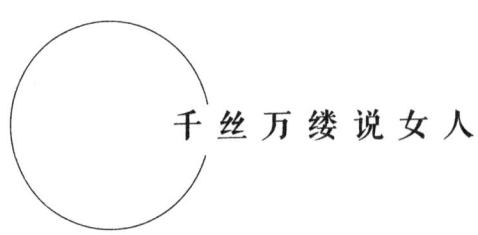
千丝万缕说女人

女人的高度

在商场里，在姹紫嫣红的春装的间隙里，再次遇到我的一位老师。印象中，他年纪轻轻便仙风道骨，站在这里，不太相称。

我诧异，老师你也爱逛商场啊？

如果没记错，这是我第三次在女装柜台前遇到他。

他笑笑，抬手朝前面指指。随着他的目光指引——他的妻子，正站在镜子前，试戴一件小饰品。表情娴静，专心致志，少女般的无忧无虑。穿着一件粗布长裙，虽不入时却独有风情，裙面上打着几块不同色彩的粗布补丁做装饰，几朵细致的刺绣花朵落在裙裾上。上身除一件紧身毛衣外，夸张地挂着一件薄若蝉翼的橘色纱质小褂。春寒料峭，已被她这样享受了。

一只轻盈的小鸟。

一只轻盈的小鸟。仿佛是在形容某一个还不曾走出母亲怀抱的少女。但是老师和他的妻子，却已人到中年，早有白丝上头。一个中年女人，能有这样的身影，真好。看着她，许久不愿离开，不羡慕，也不嫉妒，只是觉得好。美好。从她单纯透明的脸上，从她那快乐轻盈的脚步中，我看到了中年女人身上难以看到的风景，舒展，阳光，自由，温暖。是一朵不败的花。花，能开到这样的程度，该是站在怎样的高度，吸取着怎样的阳光和空气呢！首先，她一定拥有经久的爱情，拥有"懂得"她的人。"懂得"并"慈悲"的人，才会给她合适的高度，滋润她舒展地开放。那么这个高度在哪里？我想不是在男人头顶，不是被高高举起，那样的高度太高，容易倾斜，容易受惊，不安全也不踏实。也不是张爱玲在爱人面前的那种"在尘埃里开出花来"的高度，那种没有高度的高度，容易被踩踏，容易受伤，更容易枯萎。她的高度应该在一个人的胸前，在男人的掌心里，被轻轻一托，托置胸前，离心很近，目光够得着，呼吸够得着。能为她遮风挡雨，能给她自由呼吸，能给她足够的阳光，能给她快乐的呵护。

心中突然萌生一阵感激，感激眼前的这位身为人夫的老师，滋润出这么一个美丽女人。这个女人除了是他的妻子，还是我们的同胞。世上有女人能活在这样的幸福里，是一道让人欣慰的风景。

姐 妹

相遇，是一种缘。这个题目可能重复了别人，也可能有许多人重复过许多次。但是，我与燕子之间，只能用这句话概括。

与燕子的相遇更奇特，是在报纸副刊上。她清新的文字和富有朝气的名字总是吸引我，大概在看过她的两三篇文章后，便记住了她，便渴望她，渴望她的文字，渴望关于她的任何信息。后来我有一篇短文《早雪》与她的《七姑》发表在同一个版面上，我心里喜悦不已，甚至为此骄傲，而且从心里感觉我们就此相识。（多么一厢情愿的事啊！）多年后，她笑说我当时盲目崇拜。后来就更关注燕子了，尽管不曾见面，她也不曾知道，我已把她当作"挚友"。我通过各种信息了解这位不曾相交的挚友的气质长相、品位个性。后来就看到她参加《河南电力报》副刊笔会，别人写了一篇《燕子其人》："……自称是丑小鸭，其实是一只小白鹅呢……老是躲在屋里睡觉，大家都说她，再睡眼睛就更小了！"关于她的片断，在那个被编辑戏称为行业小报的副刊上的信息，我记忆深刻。也正是这些记忆，燕子的形象在我的脑海里逐渐有了轮廓。加上燕子随后对这篇文章做的回应，也发表在这家副刊上:"……我是丑小鸭,但决不允许别人这样说,决不……"这是燕子的个性流露。这样的对局让我确定燕子其人:白皙,宁静,灵气,谦虚,自爱,还有一点女孩子特有的小气。后来又看了她的《阳台上的外婆》《指甲花》,文章的叙述仿佛出自我手:"阳台上的老人,是一道孤独的风景。"文字的使用,内含的清新苍凉如同我眼中的沧桑。

后来的两年里,她见报的文章越来越少。我开始为这位挚友担心,你怎么了?燕子,你怎么了?

我给她写了第一封信,大致说了我的担心。她很快回信,言词很讲究,几乎是纯文学语言。通过那些认真而显得有些拘泥的语句,我能感觉到她写字时的正襟危坐,能感觉到她的掌心渗出汗液。"……自从进入恋爱季节,筑成家庭小巢……"清新可爱的童话式的文字回答了我的担心。这次,对她的印象又增加了清纯与严谨。接到她的回信,我惊喜不已,这种惊喜更多来源于对她近况的了解。她结婚了,这个21岁的小姑娘已经结婚了。她有了家庭,有了爱人……这,出我意料,但也惊喜,更确认一种缘分——她的结婚年龄也与我一样。我当即回电话,却再一次出乎我意料,她结结巴巴说了几句话,而且听起来心不在焉。我几乎失望,是因陌生?是紧张?还是不喜欢打扰?很快,她用同样的语调做出了解释,领导正给我说材料,我回头再打给你。依然结结巴巴,说完逃也似的挂掉电话。我笑了,我看见一个满是才华青涩胆小的小姑娘在领导面前的端正态度,不够意思地撇下远道而来的朋友满是愧疚地逃到领导面前去谈工作。

我们的联系频繁了,而且一直以传统的书信方式联络,偶尔有明信片、贺卡之类,算是奢侈。而且一直保持文学语言:"……一个冬天没有雪花的身影,但是我熟悉她的面容,思念姐姐,却想象不出姐姐的笑脸……"这是一张明信片上的留言。"……傍晚时分,楼下的民工引吭高歌,他们以歌声迎接夜晚……"她在信中抒些身边的风景。后来，她写信告知我她和几个文学朋友组织了一个文学社，每人每年10元钱会费，问我是否参加。我随回信寄去一篇稿子和10元会费。没几天，她便将钱随信寄回，来信充满伤感，依然是一个文学女子的伤怀之美。"……某某（文学社中的一个骨干）得了重病，需去北京手术，我担心文学社这棵小苗长不成大树……我担心"。她说，你太远，不能来参加活动。还说我的稿子发在她们的刊物上可惜了，她又帮我抄了一遍，寄到电力报社去了。至今我还记得那篇稿子的名字是《步入三十岁》，文章开头是"我已三十岁，不信，真的不信。仿佛昨天还坐在教室里为老师的提问提心吊胆……"。蓦然回首，十年已过，我的另一篇年轮文章《四十岁走笔》已被选入《散文百家》杂志的十年精选篇目，而这篇文章的开头与三十岁相差无几，却明显多出几分恐慌："仿佛从婴儿的混沌中醒来，睁开眼，已经四十岁。一切就这么晚？"十年过去，眨眼一瞬间。十年间有许许多多生活琐事，人生细节，但记住的却是星星点点。如果没有燕子，我是否能记得三十岁的文字？岁月的印记会不会如此明晰？

"……真像做了一场噩梦，醒来，身边竟多了你这个小东西……"在燕子的又一篇文章里，得知她做了妈妈。我祝贺。发自内心的祝贺发给了她的先生，因为她在月子里不便使用电话。

相夫教子，生活中没有艳遇，工作中没有波澜。她孩子上小学的时候，我们终于见面，她如是对我说。不必说一见如故，早已相遇相知，早已如故人，姐妹相拥。那次她是来平顶山参加笔会，她说如果不是你在这，我就不来参加，主要是想见见你。那晚我为她泡了菊花茶，很诗意，有三朵菊花很均匀地贴在玻璃杯口，形成一个漂亮的小景观。燕子笑得直不起腰。对此我倒心生宿命的解释：诗意透明的女人，花朵一般的女人，花知其意，花解其人。那晚嗅到了燕子的花香：她口不离花，谁谁像玫瑰花，谁谁像茉莉花。其实她自己更像一缕茉莉花香。燕子很漂亮，纤小，白皙，柔和，花香四溢。

昨夜梦见燕子。上午，即发信息给她：

燕子，昨夜在梦里见你，亲切。近来好吗？

谢谢姐姐，近来遭人诽谤，不好。你好吗？

燕子，电话打不过去。自知是诽谤，一笑了之。不要过多去解释，诽谤之辞是魔鬼，越缠越麻烦。

是的，姐姐，不敢接你电话，因为我会哭……

那么，一定要接……

在开会，会失态……

不要让我担心，会后打给我……

好的，姐姐……

优秀的女人遭人诽谤，很正常，司空见惯。但燕子，一个优秀的女人，一个远方的小妹，遭人诽谤而哭，让我揪心。

也说苏紫紫

电视画面上的苏紫紫不算漂亮，是人民大学的学生，一个裸体模特儿。她在诉说她家里很穷，房子怎样被强拆，奶奶怎样被气病，为了要求补偿，她怎样据理力争，怎样去告状，受到怎样的冷遇。说这些的时候，她哭了。

她能走进电视屏幕，能引起全国亿万观众和网民的关注，就是因为她的双重身份——人大的艺术生，裸体模特儿。她受到指责的原因，也是这些。由此有人开始无休止地追问、质疑：她贫穷的背景是不是编造的，穷人怎么能学得起艺术？苏紫紫再三解释说，她奶奶一个月600元退休金，她学画每年三千块费用。当然，奶奶会因为她浪费一张画纸而毫不犹豫地给她两个耳光。

这就是苏紫紫家庭的经济状况。这种经济状况，的确会有很多做不到的事情，比如请名画家做家教，比如进贵族学校学习，比如用高档进口药物不计代价地医奶奶的病，等等。但是只要学过小学算术的人都应该能算得出来，就是她是可以学画的。换句话说，她是可以学艺术的。然而，因为她贫穷，人们就是不愿相信事实，不但要肯定她做不到的事情，而且还要质疑她已经做到的事情，那就是你贫穷就不能学艺术，现在你学了艺术，那么贫穷的家庭背景就是编的。是不是某一天，说穷人身体健康是呼吸了新鲜空气也要遭人质疑——你那么穷，上帝怎么会把新鲜空气给你呼吸？

如果这些质疑是关爱的，怜悯的，有同情心的也好。偏偏这些质疑是鄙视的，咄咄逼人的，好像要剥掉苏紫紫身上所有的外衣（可惜她已经是裸体模特儿，身上没有衣服了），要仔细查看她的每一寸皮肉，甚至还要把这些皮肉扔进油锅里看到底能炸出几两油来。有必要吗？

大学生——裸体模特儿——贫穷的大学生——热于炒作的裸体模特儿。

什么叫炒作？即：一个想引起人们关注的人在前面敲锣，大众起哄，炒作成功！

炒作，岂能是蓄意炒作者一人能为？天大的巴掌，一个也拍不响。

张爱玲说："人的生趣全在那些不相干的事。"真理。

其实，苏紫紫与大众相干的身份只有一个，那就是裸体模特儿。因为以她的身体为模特的作品可能要在大众中传播，既是传播，就可能进入我们每个人的视线，我们就会对它做出反应，是好，是坏，是美，是丑，或欣赏或漠视，艺术水准如何，要动一动我们的情绪，费一点思想。仅此而已。除此之外，不必去关心画中的模特儿是谁，是穷人还是富人，是白领还是农民，是学生还是工人，是苏紫紫还是王红红。太费神。

如果从另一个角度去关心她，她就是一个大学生而已，遵纪守法，成绩优异，就是一个好学生，否则，就是一个比较差的学生。

学生角度的关注到此也可画上句号。干吗非要挖出她家祖宗八代，要扛上摄影机到她老家去拍个究竟？这苏紫紫也是，做事说话看起来挺有个性，怎么面对多事的媒体就那么配合，还真的是引门照户带电视台到家里去拍。甚至连她重病卧床的老奶奶也不放过。苏紫紫别说是做了裸体模特，就是犯了什么滔天大罪，与她的家、她的家人何干？一个家，就可以这么随便地没有一点尊严地展览给大家看吗？他们的隐私权哪儿去了？

人们问也问过了，拍也拍过了，结果又怎么样？苏紫紫家里很穷，是真的，穷人也学了艺术，上了人大，做了裸体模特儿，而且还有一个想成为艺术家的梦想，这一切都是真的，又怎么样？要改变她家的贫穷吗？要为她的艺术梦打保票吗？或是要改变她学艺术、上人大的事实吗？还是要禁止她做裸体模特儿？从地球上消灭她？杀无赦？

扯淡！

最终结果：

广大关注者：劳神，费心，费电（看电视，用网络，写文章），辩得口干舌燥，回家喝水，吃饭，洗洗睡觉。

电视台：耗人力，耗财力，耗时间。而且是黄金时间，我看到这个节目的时候是晚上8点40分。但赚足广告费（节目播出时，加了五次广告）。

苏紫紫：学画，上人民大学，做裸体模特儿。走她自己选择的路，继续热热闹闹地走下去。

除此之外，还有什么？

读女人

最近读了这样三本书，桂苓的《好好》，池莉的《熬至滴水成珠》，曲令敏的《地板上的母亲》。三个性情、修养、文字各不相同的女人，书写出了女人特有的光华与智慧，三本女人写的书，三本女人书。

桂苓是位"70后"作家，她的文字灌满了诗化记忆，完整地保留了一个女子灵秀修远、虚怀若谷的品性，纯粹雅洁、内腴外素的修养，使她能够旁若无人地接受并喜欢着女子清静而丰富的世界，用一支素洁的笔，写属于女人的文字。她的文字与女性天生一体，或者说根本就是女人生活和性情的全部：记忆，情趣，工作，生活，花，草，猫，人，丈夫，孩子，桂苓，色彩，香味儿。但无论什么，都是美好的，犹如女子于世间之姣好，犹碗碟中无可替代的一日三餐，丰富滋养读者的味觉。她的散文集《好好》开篇便是十五篇"好"：《好听》《好玩》《好学》《好眼睛》《好日子》《好味道》《好生活》……什么都怕极致，十五个"好"，使桂苓小到了极致，女子到了极致，烦琐的女人生活也美好到了极致。文，成为文中精品，人，成为女子中的精品。文坛一直对小女子散文有争议，但在桂苓这里，这种争议似乎自觉地停止了，小女子眼中的"好"散发出了令人温暖的光芒，融化了世间的喧嚣和杂事。纯粹干净的小女子其实很难得，能感动净化很多人。世事忙碌，茶余饭后，不妨捧起桂苓的作品，读一读，沾染一身的"好"。

池莉的散文集《熬至滴水成珠》，则展现了一个成熟女人世事洞明、睿智练达的风采。只看题目，一个"熬"字，便是精华。女人的"熬"，一定是艰辛的，而且是已经过去的。一个智慧女人，一个知名作家，一个有着丰富经历的女人走过世事沧桑，用心灵和智慧"熬制"的岁月之"珠"，闪烁着诱人的光芒。"有些话，说出来就是损失，不是淡了，就是浓了，不是轻了，就是重了"。智慧，练达，含蓄，从容，满是成熟女人的韵味。擅长小说的池莉身上满是感性特质，因此她的文字也充满了质感：细腻、真实、可触可感。除此之外，她的散文还兼具了敏锐冷峻的理性思辨。感性、理性水乳交融，知性、智性圆融沉稳。她的散文，文字之精灵、之流畅，思想之睿智、之练达并不逊色于张爱玲。

　　曲令敏是离我们最近的一位女性作家，鹰城人对她应该相当熟悉。她的文字之清新，乡土气息之浓郁，情感之丰富细腻，让我对她的作品爱不释手。尤其是她的近作《地板上的母亲》，让我们看到了一位真实的女人，一位真实、伟大的母亲。在人世间，女人最重要的角色就是母亲，唯一的品性就是母性。仅仅"母亲"一词，就贴近了女人的心。"咱们的小屋里有妈妈先前积攒下来的劳动，出版社里还躺着近两年来的劳动，妈妈有足够的力气供养你的读书生涯"，她在给远在清华大学读书的儿子的信里，如是说。"这里空气清明，泥土芬芳，我多想把这一刻的静谧和甜美像切蛋糕一样分一块给你。"这是给儿子的另一封信。物质、心灵的供养，母亲都要给予，甚至，眼前的一方静谧也舍不得独享。地板上的母亲是一种最平凡也最伟大的姿势。该书全书以书信形式，记录了母子之间血肉至亲的相互依存，展现了世间原态、朴素、真实感人的情感。在物质高过情感的时代，读读它，会唤起心中原始而美好的感情，比如感恩之心，比如母亲对孩子的万种柔情。

　　书读会意处。桂苓的恬淡宁静，池莉的睿智练达，曲令敏的母爱柔情，三位经历、风格各不相同的女性作家的作品，紧贴女人心，给女人带来健康的精神滋养和温暖的心灵安慰。我一直在想，如果把她们叠加在一起，该是怎样一个完美的女人呢！完美女人，虽不能至，却可以阅读。

阳光照耀我们

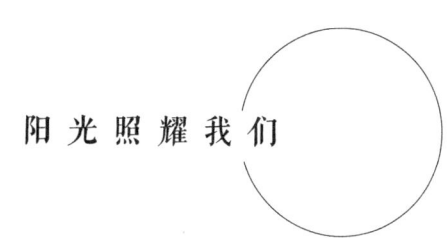

我曾经在一个秋天,种下一个小故事。也曾经怀着小小的快乐与宽慰,认为我种下的故事,铺洒着一层暖暖的阳光。但是那个故事一闪而过,仅仅存在于那个下午。因为过了那个时刻,我和故事里的人各奔东西,各自重新在这个嘈杂的世界上飘浮,像什么也没有发生。我,以及曾经对它有所关注的人们都渐渐地淡忘了它。但在十五年后,它突然发芽,在微微的凉风和秋天清晰的阳光下,结下了两个果子。

果儿A,跟姐回家

我一直与他通着电话,一遍又一遍地告诉他:我穿银色旗袍、黑色开衫,等待在某一个十字路口。

一辆银灰色的轿车停下来,他下车,眼中含着泪,小跑到我身边。

"姐。"我不知道该说什么,我们很陌生吗?不,我们很熟悉吗?不,我接连否定着,不知道自己此刻到底是什么身份。是姐姐吗?是阿姨吗?是朋友吗?

他清晰地叫了一声"姐"。他真实的称呼让我忽然感到阳光的真实。我不再思考自己的身份,无论是姐姐还是阿姨,或者其他什么,都是久别重逢。我们几乎同时伸出了手。

"姐。"他又叫了一声,眼泪奔涌而出。

"哦,你长大了,你怎么会长这么大呢?!"

他确实长大了,胖了,高了,应该说是身材伟岸,风度翩翩。他现在的身份是某大国企的高级白领,衣锦还乡。他的人生经历具有传奇色彩。他大胆，甚至是夸张地流露着情感。

我说，你长大了。当年那个瘦弱的孩子不见了，那个秋天，那个下午，那双瘦弱而颤抖的手，那张带着与年龄不相称的愁苦的脸不见了，我今天面对的，只是一个事业有成的年轻人。

当他眼含热泪快步走向我的时候，我窘迫而感动，不知所措地向他伸出手，我想，该握个手吧。他站在我面前，泪水奔涌而出，在向我伸出右手的同时，突然间连左手一起伸了过来，"姐，让我抱抱你。"

他极具男子汉的宽厚和温度。对我来说，这是一生中仅有的一个陌生而亲切的以弟弟身份拥抱我的人，真诚，热烈，毫无顾忌。在小城镇的一个十字路口，他紧紧地抱着我，有些夸张而且不合时宜。我因被感染而哽咽，拍拍他，说，好了，回家吧。

我确定了我的身份，姐。

秋日的阳光照耀着我们，清风微动，阳光绚丽，温暖纯洁。

我确认十五年前我种植的那粒阳光长大了，它照耀着我。路人纷纷回头，我的窘迫却开始退却，举止变得从容，我轻轻拍拍他的背，说，走，跟姐回家。

果儿B，另一个我们

两天后，见面时的夸张成分渐渐退去，整个场景像一个比十五年前更为遥远的故事。我打扫卫生时，满含温情地一件件整理他带给我的礼物：一盒茶叶，一套骨瓷杯子。杯子相当漂亮，耐看。但细看时，两件东西的包装盒上有杂乱的划痕和厚厚的积尘。我突然间像梦醒一样把它们放了下来，秋日的阳光里那层薄薄的寒意突然袭来。我是怕秋天的，秋天的阳光里混杂的那份凉意刷过面孔甚至刷过我裸露的胳膊时，我会浑身打战，感到无处躲藏。在初秋，我过早地打起了寒战。我把这些礼物重新装进讲究的包装盒里，心里明白他含着热泪送给我的这些礼物，与他的生活状况有关，或许是来自某些业务关系，或许是哪个会议的纪念品，是不经意的身外之物。成功的经历给了他不存心意的习惯。眼泪，拥抱……眼泪，我不知该怎样形容眼泪，他的，还有我的。忽然间，十五年前那个几乎被忘却的下午清晰起来：我从晚报上看到一个贫困生面对录取通知书为学费而垂泪，于是毫不犹豫地劝说八岁的女儿放弃买电子琴，在捐完款后又捏着一把剩余的零钱在商店为素不相识的他挑选一套像样的行李……恍惚间，阳光散去了那些额外的明媚和暖意，一切平静如常。

一切平静如常。寻常的阳光，寻常的事，寻常的日子和朋友。寻常的时日里，我会忘却所有该忘却的，忘却那个胸膛的温热和看似真诚的气息，忘却那些本不属于谁的蒙尘的礼物，忘却那个该忘却的故事。也许还会记得，哦，我有一个朋友，谁谁谁，他在哪儿哪儿。

读《两岸书》

　　痖弦、杨稼生两位文学前辈虽然分隔于海峡两岸,平生只见过两次面,但我仍然把这些信视为私信家书。

　　我一直认为,人与人之间的交际,是人的品性、境界、情怀的交会和融合。如果需要用一个词来形容两位先生,我会毫不犹豫地用"虔诚"二字。无论是对生命的挚爱,对感情的真诚,对文学事业的投入,对传统文化的坚守,无不体现出"虔诚"的品性。这种品性是二位先生的感情基石,有了这样的基石,他们的人生奇遇,便是偶然中的必然。所以,解读这些通信,不仅仅要关注它的文学史料价值,也应该关注、解读他们在精神、心灵上的种种契合以及这些契合点的深层内涵。

　　我与杨稼生先生交往比较多。早在十年前,我的散文集《梦里琴声》出版,杨稼生老师应邀前来参加我的作品研讨会。后来因为一件小事,我们的交往密切至今。当时是我的研讨会开完不久,我去舞钢看他,他拿了一张纸给我看,问我见没见过这样的纸。那张纸很薄,几乎透明。我问他做什么用,他说,写信。我问,稿纸不行吗?他说,这种纸轻,邮费便宜,而且没有横格,可以套一张竖格纸竖写。所以,那时候我就知道他在与痖弦先生通信,而且书信往来密切。写信时严格遵守传统格式,用繁体字,从右往左,竖行写。我当时的感觉很复杂,对老人家肃然起敬,甚至心中对这种严谨而文雅的书信往来,也有隐隐的向往。这样的文字品质,也许是我们这些喜欢文字的人都应该具备的。我几乎是不假思索地答应帮他去找。其实我心里一点谱都没有。因为我没有发现我的周围谁还在写信,更没发现,谁还在用竖格纸、繁体字写信。回到平顶山后,我去问了很多文具店,店家差不多是异口同声说,没见过。本来,以为这是件小事,但找了一阵之后,就感觉它的分量之重。慢慢的,心底竟然奇特地萌生一种救赎者的使命感。后来,我就去印刷厂找。在找到第三家印刷厂的时候,老板被感动了,免费专门制板为我印刷了两千张。当我抱着那两千张纸送给杨老师的时候,他的喜悦无法形容。我的心,也因此喜悦,我目睹或者说是参与了一种珍贵情愫的延续。了解痖弦先生,则是通过读一些零星的作品,多是诗作、评论之类,更多的、更细一点的,是通过杨稼生老师的介绍和他们的这些书信。《两岸书》中的书信原稿,我不止一次看过,很多次为之感动,甚至有过震撼。用"震撼"一词形容书信,或许会让人感觉夸张、词不达意,甚至是故作声势,但我认为我的感受是真实的。首先感动我的,是两位前辈那种原汁原味、带有浓郁中国传统意味的家庭生活。悉心守护亲人家庭,应该是各种良好品性的最集中、最自然朴素的折射。这一美德正是两位先生品性中的契合点之一。在这些信件中,我们可以看出,长期生活在温哥华的痖弦先生,对桥桥的感情是多么含蓄和真挚。这种含蓄与真挚极具中国传统美德。比如,在桥桥病重时,他多次在信中提起桥桥:"唯一令我担忧的是桥桥的病,这半个月叫救护车三次去医院,现在还在医院……但我看到她日渐衰竭,实在不忍,全家都笼罩在愁云惨雾之中。""桥桥走了一个多月了,我和两个孩子已渐渐能面对她走后留下的寂静,可怕的寂静。我们会擦干眼泪,恢复正常的工作,而这才是纪念桥桥最好的办法。""我相信桥桥会回来的,她不回来,我去找她。"而杨稼生老先生,相对来讲,命运更为坎坷,生命中苦难也更多一些,但是他的家庭意识和爱情感受,却与痖弦先生如出一辙。这在他早期的散文作品中有详尽的描述。例如《购粮本·记工本》(载于杨稼生散文集《北湾》)一文中,他曾做过这样一段描述:"我能和一个城市姑娘结婚,也算奇迹。

我们这个风雨之家漂泊到深山,每个人每月平均花费不到七块钱,之所以能平稳度日,只有爱神才能把我们的钱分配得合情合理。"在他的早期作品中,有诸多篇目是写妻子儿女的。他的表达更为含蓄,文章虽然是以第一人称写的,但他自己始终在文章之外。文章中我们只能感受到他那种充满爱意和温存的目光,远远地观察自己的爱妻,不遗漏一丝细节。然后以作家的审美勾勒着妻子的美。例如散文《外姓人》(杨稼生散文集《北湾》),就把妻子凤莲女士的朴实、勤劳、善良、通情达理书写得淋漓尽致。两位先生品性中的另一个契合点,就是对子女细致入微的爱与呵护。比如痖弦先生在给杨老师的信中曾经提到过女儿小米开始写诗,他是这样描述的:"她(小米)不说,我们也不问,装作不知道。"面对女儿的成长,悄悄地欣喜,悄悄地关怀,悄悄地呵护,但不去打扰。在杨稼生先生身上,我也可以看到同样的情怀,比如他在散文《腊月二十》中这样描写女儿出嫁:"妻子说,想开点,女儿后天就回门了。我没听明白:不是四天回门吗?妻子说,两头挂,三天头上就算第三天。我长长舒了一口气,感谢婚俗尚有此条宽容。"两位老先生的文字中关于女儿的两个细节放在一起,我们不仅看到两个同样幸福的女儿、两位慈爱的父亲,更立体地看到了两个家庭的极为相似的融融亲情。

热爱生活,热爱生命,是一个人最基本的道德责任,即使从最狭义的角度去讲,也是极其高贵的情怀。这一点,在一个诗人、一个作家身上,有更为辽阔的延伸的可能性。这种延伸无论是对文学事业还是生命温情,都是福祉。在《两岸书》中,屡屡出现关于胡萝卜、小人参、黑豆、维生素之类的讨论。痖弦先生在信中说希望"坐在你家小院子里拍话,摘一筐你和莲嫂亲手种的石榴来吃","最近常听海连池曲剧《卷席筒》,小苍娃起解洛阳那一段,跟着学,快学会了,下次见面,我唱给你听"。这些小细节小憧憬不仅仅是一般意义上的养生话题和生活情调,而是"我看破了红尘，红尘也看透了我，两不相欠"。（痖弦语）的坦然大气，是过滤掉世俗杂质、心智涅槃后的"月华如水秋湿衣"式的心灵低回，更是对生命本身供奉般的热爱和珍视。痖弦先生从诗人，到可敬可亲的编辑、到收获丰硕把文学园地经营得繁花似锦（王连明语）、再到与遥隔千里的杨稼生成为挚友，这一切无一不是这种爱的延伸。爱可以长成大树，但需要种子。能把黑豆、维生素托在掌心里细数的人，能在越洋电话、挂号信件中嘱咐对方怎样吃胡萝卜的人，一定是心中有这颗种子的人。这样的种子通过文字相遇，共同温暖地生长，这是让人喜悦的事情。这种喜悦值得众多的人欣慰，至少包括我们在座的各位。我们能亲眼见证两位文学前辈温暖地相遇，彼此牵挂，彼此支撑，彼此相扶，彼此依偎。当然，有些时候，有些话题也会显得特别沉重，但沉重中依然有暖意。有暖意，就让人欣慰。比如杨稼生久不得痖弦讯息，写信说："暮年思友心切，今晨拨通了温哥华电话，才得知你的新址，心中落下一块石头。预料你心脏不好，果不出所料。"痖弦得知杨稼生身体欠安，说："一定要撑住，老友，你和我一个也不能倒下，我们还要化身渔樵，一起聊天，侃大山，唱《李豁子离婚》。"桥桥病重时痖弦写信说："家中有病人，想同你说话。"杨稼生病痛在身时则说："有你，我也要好好活着。"这种远隔千山万水的心灵依偎，诠释了世间人心、情谊的千丝万缕，相遇相知，让他们的生命如此美好。

两位先生的另一个契合点，也是最重要的一点，就是对传统文化的坚守。从南阳同乡到两岸同源，同乡的意义随版图的扩大而延绵。当然，不能否认，他们的最初交际是因文学，是编辑和作者的关系。他们后期的交往，更多则是因为品性的接近和对传统文化的坚守。一个人的品性包括先天成分和后天修养，而两位先生都有着深厚的传统文化积淀。他们的后天修养，也饱受传统文化的浸染。而他们在诸多方面又是极具责任感的，尤其是对传统文化的守护和传承方面。《两岸书》中，痖弦先生高频率地使用南阳方言，这对一个在海外漂泊数十年的游子来说，是多么不容易，多么难能可贵。在他们的这些书信中，信尾处经常出现"字迹潦草，恕不重抄""你乔迁正忙，不回信""此信抄写两遍，仍有两处笔误，因患眼疾，恕不重抄"之类的注解。共同的乡音、乡情，严谨、谦虚的处世风格，纯朴、雅致的古典风情，散发着墨香气息的儒家传统礼仪，这些都是深受传统文化浸染之后自然折射的光华与尊贵，是清澈纯粹的人文精华所在。这些书信，于情感来讲，是君子若水的宁静和温暖；于文学来讲，是一个时期内两岸文学现象和作家生活状态的史料；于民族来讲，是根出同源、两岸同心的共同守望；于文化来讲，是跌宕起伏、气象万千之后的朴素回归。

旅途小札（一）

一

当火车在沉闷的节奏里穿过一道又一道漆黑的隧道，我渐渐地开始有了倦意，车窗外掠过的绿色越来越少，稀稀疏疏，西部的荒凉终于遮掩不住了。有山无石，黄土成了天地间的主色调。

坐在我铺位对面的，是一对幸福的恋人，女孩皮肤黝黑，睫毛很长，胖乎乎的手一路忙个不停：一会儿认认真真地揭开小食品袋子，认认真真地翘起兰花指，把那些嚼起来嘎巴作响的锅巴、饼干之类的东西一片片放进嘴里；一会儿窸窸窣窣地打开背带包，不厌其烦地一件一件摸出随身携带的化妆品，掌心里握着一面小镜子，抓紧火车每一次颤动的空隙，不失时机地搽口红，补眼影，甚至还等待了好久，卷了几下睫毛，那睫毛也就更长了。

我突然发现了小姑娘的可爱，困乏的目光时不时地从窗外枯燥的黄色中移过来。与窗外的景色相比，她这些近似无聊的小动作，的确鲜活得赏心悦目。后来小姑娘居然飘起香来，她泡好一碗"大碗面"——其实就是方便面，在火车上乘务员总是操着方言叫卖大碗面，所以我觉得火车上的方便面应该叫大碗面。她身边的男友终于皱起了眉头，拍着姑娘的肩膀说，马上就要到站了。和颜悦色且充满温柔的一句话，小姑娘竟然噘起了嘴巴，要罚男友，让他把方便面吃掉，然后嘻嘻一笑，说其实她只是想喝汤。男友问她饿不饿，她摇头；问她是不是不饿，她点头，傻傻的样子，男友忍俊不禁，幸福地叹口气，轻轻地拍拍姑娘的后脑勺。

小姑娘终于不再安心于那些小动作，兴奋起来，开始收拾行李，动作麻利得与吃方便面的时候判若两人。她认真地问男友，见了父母该说什么，中午会做什么好吃的，父母见了她会是什么感觉。语无伦次中看得出她的忐忑。而她的男友倒是镇静自若，仍是无比爱恋地轻轻地拍着她，说别怕别怕，到家了又不是到哪儿去。小姑娘仍然是早早地挎好背带包，紧张得一副上战场的样子。突然间我有一个很愚蠢的疑问：恋爱是否比旅游幸福？回家是否比恋爱幸福。

天水车站到了，我对面的旅伴提着大包小包下车了。他们的座位空了出来，车厢里有限而混浊的空间仿佛大了许多，空旷起来，寂寞起来。我重新把头转向车窗的一边。这是一个灰色的小站，灰色的青砖房屋，灰色的水泥地面，灰色的水泥站牌，寥寥无几无精打采衣着拖沓的工作人员。虽然站牌上用红色的油漆写了"天水"二字，但并不怎么醒目，过多的灰色将它淹没了。火车驶出那个灰色的小站，渐渐的，我开始意识到旅途的遥远与艰难，火车又恢复了它枯燥的节奏，视线中又恢复了那种缺少水分的干黄色，一眼望不到尽头。我不得不把"西北之行"叫作"大西北之行"，也不得不承认旅途的艰辛和孤独。把一个人、一颗心抛进这样的辽阔之处，其实是有些残忍的事情，甚至有自虐的含义。

天水，一个很美丽的名字，一个我西北之行中第一个清晰地刻在我的记忆里的名字。虽然从地域上讲，它是沃土与戈壁的分水岭，但我真正的记住它，应该说是与那对已经融进天水的年轻人有关。也许只有在旅途中，我才认识到，他们实际上是一道真的不错的风景。

二

走进兰州，首先感动我的就是兰州女人。那是一种无可挑剔的仪态：鲜明而不艳俗，简洁而不随便，讲究而不奢侈，自信而不狂傲。接待我的导游小姐，就是一个典型的兰州女孩：黑蓝色的牛仔裤，白色的T恤衫，雪白的旅游鞋，垂落的中长散发，胸前挂着一串时尚的仿藏饰饰品。我走出出站口，远远地就看见她很高地举着接待牌，美丽的眸子在人流中张望，不时地踮一下脚。当她发现我朝她走过去的时候，仿佛是一阵惊喜，挥着手，迎着我轻盈跑过来。当她亲切地接过我的行李箱，用兰州方言很重的普通话关切地向我嘘寒问暖的时候，我心中一阵感动，真实地感觉到我的脚步是踏在一个远离家乡千余公里的陌生城市里，真实地感觉到自己孤零的漂泊，真实地感觉到这个时候一个问候、一个亲切的微笑是多么安慰心灵。

兰州一个深受大自然厚爱的城市，滔滔黄河水从容不迫地从市区的楼群与人群中缓缓流过。在繁华的都市里能够如此亲近自然，亲近河流，而且是被中国人称之为母亲河的我国第二长河，在西部，在中国，兰州都是独一无二的。作为干旱无雨的西部城市，能够呼吸着黄河浪花的氤氲之气，听着放筏老人的号子过日子，的确是一种无与伦比的优越享受。可人的导游小姐没有忽略兰州人的骄傲，第一站就把我带到了黄河岸边。这里有古老的黄河水车，虽然有明显的现代痕迹，但那木质结构，缓慢的转动中车起的清流与水花，仍然重现着文明古国先人的不凡智慧和高超技艺。水车的旁边是一片葱郁的青藤架，爬满了各种青藤。藤架下绿荫连绵，有别致的小径，有休闲的短椅、各色冷饮。水车高处扬起的水屑时时随风飘洒进来，雾雨一样浸入架下的阴凉。在这样的一方洞天里，我想，会不会有精灵出现呢？因为置身其中，实在不知道是天上还是人间。

这里的河岸同时又是城市的街道，高出水面三米有余，而且为了行人的安全，还扎着一米多高粗壮的铁栅栏。但我相信，当初安装这铁质的屏障时，设计者是多么不忍心就这样割断大自然的馈赠。因为每隔一段距离，就别具匠心地留有出口，有安全的台阶，逐级而下，便可亲近黄河水。放筏老人就是将他的羊皮筏子成串地拴在这种地方,有生意的时候,为客人放筏,陪客人一起在黄河上漂流,为客人唱高亢的放筏号子。没有生意的时候,就坐在岸边缝制、修补那些有了漏气口的羊皮。

羊皮筏子是兰州特有的漂流工具,它的主要材料是剥得完好无损的整张羊皮。经过特殊的民间工艺处理,柔软、耐浸、坚韧,里面充上气体,上面铺上木板,可以浮在水面作船只用。讲究的放筏老人还在筏子上铺了上好的大红绣花羊毛毯子,并在毯子的四角缀上了铜铃等小饰品。在湛蓝的天空下,盘腿坐在这样一方华贵的毯子上,漂在黄河宽阔的河面中间,享受着夹着潮润水汽的河风,会觉得天地间属于自己的东西竟然有这么多,这种富有足以让人生出莫名的狂想,有一种王者一样的惬意与尊贵。一般一个羊皮筏子需八到十二张羊皮系在一起。据放筏老人讲,这种筏子曾经是兰州人过河的便利工具,到如今他们一家人在这里放筏已有几代人了,从清朝末年便以此为生。老人一直带着一种调侃的语气,脸上带着几分说不清是慈爱还是嬉戏的笑意,让我们不知他的话几分是真,几分是假。那么就相信吧,给老人一份深深的谢意吧,因为在今天,在我今天的旅途上,有了这位固守放筏生涯的老人,我们才有幸享受这样古老而神奇的漂流。

兰州的拉面在各地到处可见,我总是把它当作一种地方小吃。但到了兰州之后,特别是当可爱的导游小姐把我带进兰州有名的拉面馆的时候,我才深深地感到,应该把它当作一种地域文化看待。兰州拉面做工是很精细的,鸡蛋大一团细若银丝的面条,微微泛黄的清汤,飘着几粒细碎的香菜、韭菜碎末,配上新鲜的牛肉,丝毫没有油腻之感。餐具也是相当讲究的,碗是青雕花三寸玲珑小碗儿,碟是景德镇八角醋水碟儿,金边竹筷,青瓷调羹勺。小菜搭配科学,一个金黄色的油煎荷包蛋,四五片切得薄得透亮的上好牛肉,一碟青翠欲滴的凉拌豆角,十几粒鲜炸的花生米。这一切与兰州、与兰州人有着天然般的和谐。

我不能不惊叹地域对文化的渗透。在许多地方我都曾经吃过兰州拉面，比较起来，东西南北中，经过不同地域文化的浸润，虽然拥有同一个名字，风味特色却各不相同。兰州拉面应该永远在兰州，永远属于兰州。

三

在去嘉峪关的途中，我邻座一个来自上海的四五岁的小男孩儿，不时地缠着要给我讲酒泉的故事。孩子的母亲静静地坐在一边，目光一直注视着孩子，时不时地微微一笑，并不怎么说话，只是过一会儿拿出一条非常干净的手绢，为孩子擦一下鼻涕。那动作很让人羡慕，全神贯注，轻轻的，流露着超乎寻常的耐心和与她的年龄不太相称的慈爱。

小男孩儿讲得很兴奋，可是听来听去，讲的其实是他爸爸的故事。比如他爸爸的酒泉有很多很多的酒，他爸爸像电视里的解放军一样勇敢，他爸爸会发射火箭，他爸爸要给他买好多玩具。当妈妈又一次要给他擦鼻涕的时候，他像突然想起了什么，很认真地问妈妈，爸爸真的长得像相片上一样吗？妈妈点点头，孩子还是不放心，说妈妈骗我是小狗。

妈妈一把把那孩子拉进了怀里，又要为他擦鼻涕。我蓦然发现，她目光中那种过于丰富的母爱其实有着更为丰富的成分，寄托着太多太多的东西。我赶紧把脸转向车窗的一面，不忍心再解读她。

隔着车窗，远远地看见茫茫的戈壁滩上，有一方红砖院落无比醒目，墙上用红油漆书写着：××研究所。另一面墙上则写着歪歪扭扭的四个大字：扎根戈壁。

扎根戈壁，让人多么感动的字眼啊。它让我想起了我们曾经唱响的扎根农村的高歌，即使是在那个沸腾的年代里，扎根农村依然是艰难的选择，是件极不易的事。我们的雄心壮志依然需要响亮的口号去激励。现在已进入改革开放的第多少个年头了，我们的生活、人们的选择早已有了巨大的变化，又看到这样几个大字，真可谓百感交集。何况这里并不是什么穷乡僻壤，而是寸草不生的戈壁深处啊。据当地人讲，这里的饮用水是祁连山的雪水，食品要靠运输车辆从内地运载，方圆最近的人群聚集点也在二百公里之外。我不知道这一方天地里有几个人，也无法想象他们除了彼此几张陌生面孔之外，还能看见什么，还能听到什么。到底是什么事业、什么力量，支撑着他们扎根戈壁？

我想起了一首来自边疆军营里的诗：我渴望陌生／哪怕是一块陌生的石头／哪怕是石头上一条陌生的纹路。

身边的小男孩儿还在缠着妈妈问：妈妈你不是说快到酒泉了吗？怎么还不到？爸爸真的跟手机上一样么？我小时候爸爸抱过我么？爸爸知道我长的什么样子么……妈妈，你怎么哭了？

四

嘉峪关方圆几百里不见一丝人烟，与戈壁滩同色的土黄的城体，在辽阔的天地间显得壮观而且虚幻，有点像海市蜃楼。一切都太真实又太不真实，面对这里的天地，面对这样的一座孤城，面对望眼欲穿也找不到尽头的戈壁滩，很难想象入侵者是怎样的执着，镇守者又是怎样的坚毅。穿过山体一样结实厚重的关门，走入关城深处，虽然依然不见一棵青草、一株小树，但有了内地模式的四合院，有了古时兵士们放兵器的库房，甚至还看到了关内夜巡放油灯的防风小窗子。一座座建筑物已被标上"文物保护"的标志，在这里做了冰冷的历史标本。但在关城的一角，一种鲜活的声音和一个凄美的故事，让这里的一切渐渐复活。

一种石头，唤作雁鸣石，在关内随处可见，以石击之，酷似大雁哀鸣。无须任何解说，其凄婉足以绵长千里，让人心碎落泪。

千年之前，有一雄一雌两只大雁在嘉峪关的檐下筑巢，关内将士对这对与他们同样沦落荒漠的生灵百般呵护。恩爱厮守的雁儿与关内将士和睦相处，情同亲人。终于有一天，由于战火，将士们忙于厮杀，筋疲力尽的将士们再也没有心思喂养它们了。为了存活，雄雁告别了爱妻，独自到关外去觅食，途中被冷箭击穿了脖颈。雌雁和全城的将士甚至还有正在进攻的敌军，在那一刻无一例外地听到雄雁最后的哀鸣。那一声哀鸣震颤了天地，穿越了呼啸的北风，穿越了刀光剑影，随它那微不足道的一片鸿毛一样的身体飘落在茫茫的戈壁滩上。于是，一切在瞬间静止了，敌军在一阵僵化之后慢慢地放下了武器，把守关城的将士把目光投向了那个温暖的雁巢。可是，那个巢儿已经空了，雌雁正盘旋在嘉峪关的上空，凄惨地呼喊。三天之后，它用尽了最后一丝力气，把它的呼唤刻进了关内的每一块石头……

许多游客都好奇地捡起石子敲击雁鸣石，寻找雁鸣。我却没有，我实在没有勇气亲手再揭开这个悲剧的一角去观望什么，聆听什么。战争、悲剧，一切一切的不幸，该过去的就让它们过去吧。今天，我们只留下真诚的故事和可以感动天地的爱情，把它当作天地间最圣洁、最美丽的经文，祈祷真与善，祈祷和平。

我轻轻地抚摸着这已做了文物的粗粝的城墙，呼吸着西北关外干燥而洁净的空气，心中涌动着说不清的感激，感激今天大地的宁静，感激湛蓝无云的天空，在这种深深的感激中退却了眼中泪水。

五

鸣沙山是一片沙漠，地处戈壁深处，沙质金黄、细腻、均匀，如作画的流沙。在强烈的阳光下，受热的沙子发生物理反应，整片沙漠便嗡嗡作响，故得名鸣沙山。茫茫戈壁中，鸣沙山就像一块柔嫩的肌肤，备受自然和人类的关爱和呵护，成了一处独特的风景。

鸣沙山的日出很美丽，我们可以从沙丘高处看到红日从地平线上跳出。勤劳的放驼人和心存渴望的游人总是早于太阳来到这里，曲曲弯弯的驼队总是和日出的景观交织。当朝霞染红大漠，蜿蜒的驼队慢吞吞地前行，驼铃声声，欢声笑语，是一幅大静大美的壮观画面。也许是与气候有关（这里年降水量只有二十多毫米），鸣沙山的天永远是湛蓝的，说万里无云有些夸张，但任你站在任何一角仰望，天空都会像这里的沙质一样纯净，找不到一丝尘埃、一片薄云。在这里，天空如洗，沙漠如洗，人们的目光如洗，心灵如洗。

人们深情地经营着这片不可多得的风景，一年四季，从早到晚，人流如织。国内外的八方游人源源不断地涌向这里，虽然他们语言不同，肤色不同，但有着对自然同样的向往。他们带着闪光的镜头、浪漫的诗句，甚至是异国的文明来探寻这片古老而神秘的风景。曾经有一个金发少女以匍匐的姿势在沙子上写下了 I LOVE YOU，不太流畅的字迹在阳光下闪闪发光，那是人们心中永远的绿洲。

放驼，是沙漠中一种古老的职业，放驼的人群以他们特有的坚韧和毅力，迎着风沙，与岁月抗衡。特别是放驼女人，是大漠中另一道独特的风景，她们与这里的大静大美非常和谐。没有人知道这种古老的生涯传承了几世几代，但在今天这个到处是 T 恤衫、牛仔裤的时代，她们依然以长长的白纱遮面，而且，穿着那样一身古老的装束毫不做作，时不时自然而娴熟地撩一撩白纱，那样自如。是封闭，还是固守？她们用留在白纱外面的那汪足可以与沙漠相融的眼眸告诉我们，那是一种承担，她们肩负着古老的使命。她们用粗裂的手和沉重的脚步，把古老的驼队存留下来，那是历史的活化石。浩浩荡荡的驼队时时刻刻再现着当年丝绸之路的繁荣，延续着我们民族的骄傲，让我们这些炎黄子孙沉思，该怎样去传承这份值得我们骄傲的奇迹。

月牙泉是鸣沙山景区最后一个既定的景点，它曾经被一个沙哑、深沉的歌者唱得家喻户晓。它的形状像月牙，更像一只笑眯眯的眼睛，周围长满了睫毛一样的芦苇。沙漠甘泉，它是这片沙漠唯一的自然生机。不需要人们的养育，不需要特殊的关爱，千百年来，泉不袭沙，沙不淹泉，泉水和沙漠平安相处，成为一大奇观。一弯泉水滋润了沙漠，也滋润着泉边一座曾经在人们心中圣殿一样的寺院，而今天这一片佛家净地略显喧闹，里边有好几家古装照相部，挂满了色彩鲜艳的古代格格服，还有沉重的明代将军盔甲，照相部的老板服务热情周到，顾客满意付款，不满意当场撕掉照片，一笑了之。寺院里顾客多于香客，泉水平静地滋润着新的人群、新的事物。

最近，月牙泉的周围扎上了钢筋栅栏，我们只能在数米之外观看，不能亲近泉水，这铁质的屏障，是人对自然的保护？还是一种无奈的感叹？它是一种冰冷的阻隔。我希望能再次走进鸣沙山，走近拆掉栅栏的月牙泉。

旅途小札（二）

家门外

去西欧，选择乘坐斯里兰卡航空公司的班机。因为斯里兰卡航空公司为了拉客源，不仅机票优惠，而且所有乘客在斯里兰卡境内停留候机期间（大概加起来有三天吧），航空公司免费提供吃住，还赠送首都科伦坡的观光旅游。当时想，真希望全世界的航空公司都这样做生意。

但是，这段多余的空中行程并不怎么美好。飞机刚刚起飞，便开始晕机。任凭我在座位上怎样变换姿势，翻江倒海的胃部，依然难以得到控制。无奈，我近于乞求地对航空小姐说，我很难受，吃点东西会好一些，能否给我一点食物？

小姐满脸是迷人的微笑，她的回答很客气，也很干脆：不行，现在不到用餐时间。

还是很难坚持，开始猛吐，脸色一定变得苍白。我再次对航空小姐要求，能否提前给我一点吃的，用餐的时候我可以不要。

小姐看着我，脸上除了微笑没有一点变化，眉头也不曾被牵动一下。她没有说话，轻轻摇了摇头。我不知道她是没有听懂还是表示不行，我心里想，但愿是前者。

我把座椅的靠背伸展到最大限度，但马上又把它缩回来，无论是躺是坐都无法得到任何缓解。我想我是要死了。万般无奈，我对小姐说，请叫你们乘务长来。

乘务长来了，来得很迅速。他问我是否有心脏病，他说飞机马上就要在曼谷降落，停留一小时，我们可以给你联系救护车，你可以留在这里治疗。我说,我不需要什么治疗,我只需要一点食物就可以了。

他耸耸肩,强行说,我们为你联系救护车。

我说,不,我不下去,我的签证不在这里,语言又不通……

他说,没有其他办法,我们为你联系救护车……

我们的争论终于引起了周围人的注意,我身边的一位一直眯眼打盹的老太太也醒了。她开始帮我说话,她说,我是医生,她只不过是低血糖,吃点东西或是喝点糖水就会好的。

突然,我的泪水就下来了,我的身边竟然有一位中国医生。我瞬间有了精神,仿佛已经得救。医生的身份让老太太的话很有说服力,有更多的乘客帮医生说话。有几位还显得特别激动,很坚决地说不让我下去。

乘务长显得被动。他又耸耸肩,摇摇头,表示不可理解。然后命小姐去拿食物。很快,小姐拖着长长的纱丽,那只戴着三只戒指的纤手用小盘子给我端来五块饼干、一瓶姜汁饮料。乘务长夸张地瞪大眼睛,指着饮料小声说:姜。虽然他没有更多解释,但我明白他在告诉我,姜,有药用。

我苦笑。其实,用不着姜汁,一杯普通的糖水就够了。

飞机终于再次起飞了。而我,吃了几块饼干,也终于没有被丢在泰国机场让救护车拉走。心中陡生一阵莫名的庆幸,像躲过了一场什么灾难,简直想欢呼一阵。满是后怕地看看窗外的云层,摸摸身下的座椅,看看身边的老太太,一切都这么真实。后来的旅途中,有消息说泰国发生军事政变,机场戒严。一阵后怕。试想,如果因为当时得不到几块饼干的救助,留在泰国治疗晕机,该是怎样滑稽可怕?

飞机上开始供应晚餐。花枝招展的航空小姐推着小推车,举止优雅地将餐包递给我,还轻声问我要茶还是咖啡。我微笑着摇头,我真的不是那么需要什么了。这时候我细看这些小姐们,她们很美，像一群花孔雀：皮肤黝黑，身段浑圆但不失苗条，头发高高挽起，睫毛又长又硬，眼睛大得夸张，身披孔雀蓝色的纱丽，尽显风情。只是，面对她们惯有的微笑，我也只能远远地给她们微笑。这群异国的女孩们，远不如我身边的医生老太太更有气息。在这远离大地的空中舞台上，她们，只是一群仙子。

到达罗马市预定的宾馆，已是深夜。因为价格问题，预想晚餐会简单一些，但还是简单得出人意料：限量的几片面包，边硬得像镶了钢铁，外加一盒果酱、一盒奶油、一杯咖啡。再三要求，才讨得一杯白开水。

夜已深，在一个完全陌生的城市，行动基本上失去了自主权。沿着螺旋式的楼梯，迷迷糊糊地被宾馆服务员领进客房。终于打开了房门，室内空间小得可怜，差不多有五六平方米大小，像迷宫一样的。为了扩充视线，房间墙壁四周贴满了巨大的镜子，加上灯光，看起来倒是金碧辉煌。只是一转身，便撞到自己，一伸手，冰冷的镜子便毫不客气地挡你一下。洗澡的时候，发现水是凉的，地漏不通。只是试着打开水龙头稍作等待，水已迫不及待地溢出卫生间，涌向床边，浸泡了箱子。忙抢起箱子扔到床上，单薄的床单又湿了一大片。

折腾了近半小时，总算把水擦得差不多了，却找来找去找不到被子，只有一条和床单差不多厚薄的毯子。已是深秋了，白天风起的时候，意大利人已经竖起衣领，晚上怎么可以不盖被子？

去前台，我说我需要一条被子。

当班者，是一位漂亮的金发女郎，虽是深夜，但灯光下依然能看到她闪烁光芒的碧眼和鲜艳欲滴的红唇。她看我足有五秒钟，然后启动红唇，说不冷，不冷，我们不冷。

我说，你不冷，我冷。

她点点头。

我回房间去等。将近一个小时仍不见有被子送来，再去找她，她说，哦，对不起，我没有说要给你被子。

我说，你点头答应的。

她忽而大笑。原来意大利人点头是一种傲慢的回答，那就是"走着瞧吧"。

争来争去，凌晨一点半，终于有服务生送来一条稍厚点的毯子，总算可以将就过夜了。但是毛毯裹在身上并不觉得暖和，而且直想打颤，联想到白天的种种相遇和朋友的种种提醒，心中忽生恐惧感。夜间一遍遍起来察看门窗，屏住呼吸听动静，高度的警觉之下已毫无睡意。后来朦朦胧胧迷糊一阵儿，做了许多可怕的梦，梦到光天化日下的抢劫，梦到了古罗马血淋淋的决斗……当窗口透进一丝光亮，有小鸟开始鸣叫的时候，我才感觉疲惫到了极点，毫无自制地进入了梦乡。梦也渐渐祥和起来，梦到了父亲，梦到了女儿，梦到了家乡门前的小河。

我们是两个人

旅途中，一位七十岁的老太太，时不时地会从钱夹里拿出一张照片，高高举起来，放进花丛里，有时候也会贴在胸前。然后深情地对着照片说话：你也看看吧，这里是一个美丽的城市啊，你闻一闻，这里的花香不香？

旁若无人，她的深情几乎到了忘我的程度。

我走到她身边，细看她手里的照片，顿时明白，那应该是一张遗照，黑白色，一寸大，平时夹在老太太的钱夹里。老太太看看我，不解释什么，自言自语般地告诉我：我走到哪里都带着他。外出旅游，我从不觉得孤单，因为我们是两个人。

我们是两个人。

眼泪止不住溢出眼眶。不是感动，是羡慕。生死茫茫，天上人间，却挡不住"我们是两个人"。

这样的事情我并非是第一次遇到，记得有一年在西北戈壁滩上,遇到过一位同样是七十多岁的来自内蒙古的老太太,也是带着老伴的遗像旅游,只是那个老太太带的是一张彩照,她说,看着有色彩的照片,就觉得老伴还有气息。

黑白照,彩照,在她们心里其实都是一个人,一个伴侣。故事是凄伤的,两位老太太却是幸福的。我深信。

这幸福,仅仅是爱情?

记得看过一个故事,英国诗华人兹华斯在一个小花园里和一个8岁的小女孩儿相遇,小女孩端着点心和杯子,口中自语着,欢乐地唱着歌。诗人问她姊妹几人,她说她有姊妹七人,两个在外国,两个在城里,两个睡在地下。她经常端着小点心小碟子与地下的两个姐姐一起唱歌。无论诗人怎样引导,小女孩执着地说,可是,先生,我们还是七个人!后来诗人写了一首著名的小诗,《我们是七个人》:

一个单纯的孩子
过她快乐的时光
高兴又活泼
何尝识别生与死

快乐的时光,高兴又活泼,途中的两位年过古稀的老太太,已不是单纯的孩子,但是,在她们的时光里,天上人间,生死相融,旅途中,她们永远是两个人。

"我们是两个人。"难道仅仅是因为爱情?

橱窗花园

德国是一个盛产童话的地方,这里曾经诞生过许多美丽的童话。这些童话如果是一棵树,那么,德国橱窗就像童话树上结的童话果子。法兰克福是一个很大的城市,是世界主要金融中心之

一。但是，这里除了现代化的高楼大厦，还有许多漂亮的橱窗。在它的很多角落里，有着一个个童话王国。白雪公主的小窗，小红帽的绿地鲜花，点石成金的魔术师，随处可见。这里的房屋，酒店，商店，家居，都有着精巧的橱窗和鲜花盛开的阳台。抬头，鲜花盛开的阳台引发无数想象，总以为某丛鲜花里会有白雪公主探出头来，而装点精美的店铺玻璃门窗里悬挂的那些水晶般的童话饰物，让我一驻足就看到了所有美好的童话。无法形容的时候，我就拿出十分简单的数码相机拍下这样的照片：一串飞舞的木制彩色蝴蝶，一座透着灯光的圣诞小屋，一群一群活灵活现的童话人物。这些小小的饰物做工非常之精细，细看一位三寸来高的王子，胸毛居然飘然而动。德国人是精细的，认真的。记得一份资料上说，二战后的德国，经济非常困难，人们不得不砍伐树林当燃料。但是并没有哄抢或是滥砍滥伐，而是由专人提着漆桶将树林中一些不成材的小树画上记号，然后才能砍伐，最后，人们极有限地砍掉那些有记号的树，没有出现一例偷伐或是不按规定伐树的。认真，是这个国家的品质，这种品质延续到今天德国的每一朵花、每一个橱窗挂饰上。

传说中所罗门王曾在古罗马建过一个空中花园，一直被喻为奢华的象征。而德国的城市上空，由阳台组成的空中花园，看起来却是朴素清新的。美与爱美，其实与奢华无关。在这里，一个阳台、一个飘窗，都可以成为一个很好的花园。我在路边还拍到这样一位姑娘：她身穿蓝色家居服，抱膝坐在一座可爱的小花园里——一个满是鲜花的飘窗上。于是，在我的相机里，又是一个德国童话：活脱脱一位花仙子呢！童话大概就是这样诞生的吧。

爱美，才会创造美。那么也只有孩童般的干净善良的眼睛才会创造童话，因为童话是属于孩子的故事。

德国人也曾在历史上留下过血腥的一笔，但也播种了美丽善良的童话，流传更远的应该是童话。能够征服童心的东西，会征服这个世界。

旧画面

在德国阿尔卑斯山区的一个小旅馆里，墙上挂着一幅陈旧的油画：画面是一片被烧得残缺不全的报纸，上面显示着一架中弹下坠的飞机，旁边是鲜血和杂乱的文字。画框下面由几种文字写出一个标题：拒绝炮火。

这小旅馆，地处阿尔卑斯山区的一个极为偏僻的角落，设施落后，价格低廉，室内装饰其实不必讲究，俗一些，低劣一些，都无关紧要的，比如说劣质人体画、山水风景画，都说得过去。但是，在这个已经远离战争的年代里，居然出人意料地用这样一幅人们已不愿再提及的战争年代的宣传画来做室内装饰。是提示，还是宣言？有些沉重。

牢记战争，正视当年的悲剧，德国人是明智的。只有牢记战争，才可以避免流血。有勇气正视，才能不再重演悲剧。

其实，我们这个所谓的和平时代，也并非真的已远离炮火。前几天，当我们乘坐的飞机飞过巴格达上空的时候，两次看到地面上卷起浓烟。滚滚浓烟，让我们的心，揪得很紧。我们在一万米的高空上默默祈祷，但愿那些浓烟不是硝烟，不是爆炸事件，战火中的伊拉克已经承受了太多的灾难。但是谁能肯定那不是这场战争中的硝烟呢？而在这些硝烟中，又会有多少鲜血流淌，多少生命毁灭啊？！在斯里兰卡街头，也到处是荷枪实弹的士兵和各类骚乱的消息，而那些被人们扛在肩头的沉重的地武器，哪一颗子弹离战火更远？刚刚又看到泰国军事政变的消息，这样的消息，距离流血，距离战争还有多远？

拉开窗帘，早晨的阿尔卑斯山美得让我惊诧：清晰的分着层次，色彩明丽，远方的雪山轮廓分明，白色的雪山上空蓝天如洗。近处是一片绿茸茸的牧场，成群的奶牛安静地啃着草，时不时甩一甩尾巴。一片滋养生命的安详与宁静。那幅小小的油画儿压在心头的沉重，在这片绿色的宁静里，柔软了许多。

中国结

法国巴黎的七千多家餐馆中，有三千多家是中餐馆，中国气息在这里弥漫。这种气息首先体现在中餐馆的环境布置上，比起中国国内，这里的餐馆更讲究，更刻意。恨不得将中国所有的文化都摆设出来，或者说炫耀出来：墙壁上要挂中国仕女图，雕花屏风上要有梅兰竹菊，迎门要挂倒写的福字，电视上播放的是《红楼梦》。另外餐具是中国景德镇瓷器，餐具印花是鲜红的中国结。服务生一律唐装，足量供应白开水。其次是菜单，几乎每家餐馆都有炒鸡蛋，只是配料不同，要么是西红柿，要么是青椒洋葱之类。这也许是一道最好做的中国菜，也是最具中国特色的菜了。记得我小时候学会炒的第一道菜就是西红柿炒鸡蛋。这道菜每顿必有，而且无论怎么做，在哪家餐馆味道都好。其他菜多少有一些西化的痕迹，如炸鸡、炸鱼、炖牛排等。但上菜还是中国习惯的顺序，很注意最后上青菜，而且不忘告诉你一声"菜上齐了"。饭菜质量可以，老板也热情，像家乡人。唯一的异乡习惯是锱铢必较，不像中国人的厚道，结账找零一板一眼，不打一分钱的折扣。不过，拿中国习俗上的厚道去理解他们，也能想得开，老板们在他国异乡，生存不易，有一点入乡随俗，也是应该的。他们能在几十年、几百年里，在异域这样原汁原味儿地保持中国的习俗和饭菜味道，已是一份厚重的中国情结了。

在威尼斯街头，一家中国店铺将五星红旗高高地插在门楣上，门前竖着一招牌：中国好，讲华语，可用人民币。毫不夸张也毫不作秀地说，一股热流瞬间涌满心头。而且，感受到这股热流的中国人，不止我一个。因为当我举起相机拍摄那面迎风飘扬的五星红旗的时候，周围有好几个人也对准那面旗子举起了相机。当时身边的外国人不知道我们在拍什么，因为我们身边的美丽风景很多。他们看来看去仍是一脸迷茫。说实话，这时候我很得意，得意这些外国人怎么会理解呢，他们怎么会理解此时此刻，面对这面五星红旗和这些方块汉字，我们心中是什么样的热流呢？

五星红旗，方块字，是我们眼中永远的风景。

威尼斯的艺术家

水城威尼斯，是世界有名的赌城。但怎么可以忽略这里海水般的艺术呢！

威尼斯的行为艺术很多，包括那些音乐演奏者，他们，全都可以与圣马可教堂古老的雕像媲美。甚至可以说，他们，才是真正的雕塑。

威尼斯的人体行为艺术很多，其中罗密欧和朱丽叶的造型，很美，胜于任何同类体裁的雕塑制品。古铜色，相依相偎，静静地将自己安放在威尼斯的夕阳下。尽管身边游客很多，也丝毫不影响他们精美的艺术造型，脸上每一丝表情都是安静的。这种定格是极其不易的，因为他们毕竟不是钢铁黄铜，可以任意定格，他们有血肉，有神经，他们知道疲劳。这种定格必须靠对艺术的深厚理解和真挚的追求。伟大的艺术家啊！

还有那些乐队、音乐演奏家们，在这里，艺术家更真实，更敬业，更一丝不苟。也许他们比音乐本身更有欣赏价值。在圣马可教堂广场上，一位英俊的小伙子，抱着一把吉他，演奏《蓝色的多瑙河》，脚下放着他的演奏专辑。尽管身边游人如织，不时有人投下钱币拿走他的碟子，他依然旁若无人，指尖撩拨着琴弦，让每一个音符都美妙无比。时而轻柔如波，时而狂放有力，表情与曲子共同起伏。仿佛这里只有他和威尼斯，只有《蓝色的多瑙河》。夕阳下的威尼斯，艺术比欧元重要，这一点很令我意外。或许，真正的艺术家的品质，在有些时候，就该是如此高贵。整整一个下午，太阳从他头上掠过，又将他英俊的身影打了个半圆，脚下的碟子也被拿去一半，但他始终保持一个姿势，曲子从未从他手中断掉一个小节。在威尼斯这个舞台上，热爱，投入，实力，认真，是与艺术同在的。

另外一组实地演奏兼卖碟子的，是印第安人。凭他们的演奏实力，应该是有知名度的。但在威尼斯，他们与这里的许多艺术家是一样的，知名度不值什么，投入、认真、高质量的表演才是最重要的。他们的碟子标价十五欧元（一百五十元人民币）。与吉他手不同的是，他们安排一个人卖碟子，但也是兼职，乐队需要的时候，必须拿起乐器。这支乐队从着装到每一件乐器，全是自制的，这就是威尼斯的印第安艺术家的素质。着装是兽皮缝制的长袍短裤，配饰是石头和贝壳，十足的印第安味道。乐器也全是自制的民族乐器，竹管类的居多，还有柳条皮、贝壳、植物种子等。这些乐器上最现代的也算最奢华的是那些廉价的绒线球饰物。这些人的服饰、肤色、一堆竹筒子乐器，无不让我们想起原始部落。但是，他们却演奏出震撼威尼斯的音乐。空旷，辽远，天人合一。没有金碧辉煌的镁光灯照耀，也没有激光照排的大幅广告，但是，他们的曲子，一曲接一曲，赢得如雷掌声。在威尼斯的阳光和海风里，真实的印第安人，呈现真实的艺术。

沧　桑

旅途中有大把的时间聊天，除了异域风情，还会相遇许多的人生故事，比如那个台湾导游小陈。

他这样说：

我读的是观光系，观光系并不只是导游，包括餐饮、酒店管理、旅游观光。毕业后，几个同学雄心勃勃，合伙开了一个旅游公司。虽说大家都是同学，但必须有所分工，比如有董事长，有总经理，有职员。当时我做职员，负责许多杂乱的日常工作，比如推销，拉客，也自己做导游。那时候我负责策划我们公司的广告，一个广告占一张报纸的一个版面，一个版面就要五万元人民币，如果做砸了，一个星期就得关门破产。还好，我很认真，一字一句地表达我们的真诚与实在。我们在就餐、住宿等细节方面做得很好。公司开了一年，因为我们的经理总爱拖欠合作伙伴的款子，愿意与我们合作的人就越来越少，公司最终还是散了。后来，我就回去服役。当兵的时候，我管财务，但部队的财务是很单纯的，两年中并未得到多少锻炼，等于浪费了两年时光。很可惜。服役期满后，因做旅行社时与内地公司有过合作，就有一位昆明的老板打电话邀请我到他的旅游公司来，原因是我很实在，条件是他承诺不会亏待我的。于是，我就到了昆明，做事很卖力，公司老板对我也不错。比如他们怕我到集市上买东西吃亏，就对我说，教你几句昆明话吧，省得你出门吃亏。于是，我很快学会了四句昆明话：

咋卖？

没。

太贵了。

便宜点。

这四句方言我足足琢磨着背了一百遍，就像运用外语一样，我觉得可以拿出去试一试了。于是，在一个摊位前，我像模像样地说，咋卖？摊主也许看我不像来买菜的，很奇怪地看我一眼。我不理解为什么，干脆把其他的三句一起抛出来：没，太贵了，便宜点。谁知道摊主突然就用普通话骂我：你神经病啊？我还没说价钱呢，你怎么就知道太贵了，便宜点？虽然他是骂着把我轰走了，但我还是很高兴，我毕竟是实际运用了这几句话。后来就再也没有丢开过。这是让我受益一生的四句话，也是我漂泊生涯的真正开始，我刻骨铭心。

一年后，我离开了昆明的公司，因为我发现老板并不怎么赚钱,要付我每月八千块钱的工资,对他太沉重。后来,又有台湾旅游公司找我做国际导游,工资是一万三千台币。工资太低,我说我不干,因为在台湾,一般工人都差不多两万台币。后来老板就做我的思想工作,他说,虽然工资少了些,但是你可以免费周游世界,还有小费,这样一算收入就很高了。我一想,也是,就去做了。刚开始做国际导游,真是兴奋极了,每到一处名胜,就同客人一样激动,客人拍一张照片,我恨不得拍两张,晚上还躺在被窝里偷偷地笑,这差事实在太美了!到了第三年,便觉疲惫了。爱情两次受挫。说实话,做导游,连自己都忍受不了自己,何必怪女孩子负心呢?我的第一个女朋友是台湾人,是我带过的一个客人。属于一见钟情的那一种。一路上并不敢与她多说话,因为公司有严格规定,带团导游不能与任何客人关系过密,而让其他客人感觉受了冷落。所以,直到机场分手的时候,我去卫生间,她就追过去,给我留下了电话号码和地址,要我跟她联系。后来我们就恋爱了。可是我带团太忙,三个月见她一次,半年后,她就成了别人的女朋友。第二个恋人也是我的客人,是北京的一个外语老师。结果与第一个女友的相处大同小异,来去匆匆。后来这些年就再不敢考虑婚姻问题,眨眼就是十五年。这十五年里,我已赚了四套房子,大陆三套,台湾一套。每月可收到七千多块钱的租金。目前我有足够的收入,但忙得没工夫花钱。多么希望有一天,娶个好太太,趿着拖鞋,穿条短裤,收着房租,坐在树荫下品品茶,带带孩子。

他说,他今年四十岁,不知道五十岁之前,这一切会不会实现。

我们共同乘着一辆大巴,在满是异国风情的大道上行驶。两个小时过去了,美丽的风景一闪而过。陈的讲述渐渐慢下来,沉下来,自言自语,像梦呓。像一个八十岁的人在讲述遥远的人生故事,沉进了无边的沧桑。陈微闭着的眼睛里,一滴滚圆滚圆的泪珠儿,滑出他的眼角。但很快,他脸上露出了自嘲般的笑,笑,也在瞬时淹没了那滴泪。

荷兰小故事

吃住在荷兰，是一件比较愉快的事情。因为荷兰人比较喜欢轻松，他们不会为歧视谁去操心，否则就是给自己增加负担。

司机史蒂文是荷兰人，工作很认真，可以说是一丝不苟：每行驶四个小时，他会掐着表休息四十五分钟，然后按要求认真地涂写行驶卡。但除必要的工作之外，他会很放松地休息。比如他总是要求提前把工资付给他，晚上就去赌钱。陈导比较了解他，怕他输光，就很友好地限制他，只付他一半。这样就会惹得他很不高兴，他总是嘟囔说，我肯定会赢的。实在讨不到工资，他就给我们讲一些荷兰小故事。轻松，幽默，不排除有些杜撰，但也足以看出荷兰人喜欢轻松喜欢到什么地步。

史蒂文讲的是他经历的一次自行车丢失案始末：

他的自行车丢了，去警察局报案，一个胖子警察老不高兴，向他翻着白眼，一边做记录，一边嘟囔：你存放自行车的时候又没告诉我，再说你乱放自行车我们又没罚你款，现在你的车丢了，就来找我。你自己弄丢了还找不到，我去哪里给你找啊？后来警察眼睛一亮，悄声对他说：老兄你看这样行不行，别人拿了你的车子，你也去拿别人一辆算了，我装作没看见，不抓你就行了。结果，史蒂文堂而皇之地推上别人的车子走了。

我们听得大笑。史蒂文也大笑。笑完了，这个故事还有后续，原来史蒂文是很爱面子的：

他说，这种情况车子是不能往家里骑的，因为让邻居们看见骑陌生人的车子影响不好。骑到家门附近无论如何得把车子扔掉，最好的解决办法是把这辆可能影响个人声誉的车子扔进附近的运河里，这样就谁也看不见了。

这样的故事结尾，让人啼笑皆非，于是，便怀疑到底有几分真实。

后来在一份杂志上看到这样的资料，一是说荷兰的自行车丢得比较普遍，警察局每年差不多要接到七千多起自行车失主的报案。但自行车没有牌照，找起来相当困难，或者说根本没找到过。二是荷兰因为地势比较低，有许多运河排水，政府每年要清理打捞一次，会打捞出大量的自行车。

想 家

在异域的风景中漂游了二十二天，开始疲倦。面对风景，没了感觉，仅仅是审美疲劳吗？

开始想家。一直言称自己有漂泊的潜质，不承认会想家。但是，现在真的想家了：盼望家的信息，畏惧路程。惦记家里的鱼缸里的水温怎么样了，鱼儿是不是鲜活如初？还有我临行时放在阳台上自酿的葡萄酒，阳光是否在照耀，是否已经发酵成酒？好想给家里的每一位亲人都发信息，但是时间不够，白天在车上一晃就头晕。到了夜晚，掐指一算，除去时差，家里应该是凌晨以后，怕耽误家人休息。总之，家，与异域风光相比，是一天比一天重了。

到超市里，突然发现关注的商品以中国的为主，一次次在货物架上寻找削土豆皮的刀片，也寻找一些工艺品，但完全不是为了欣赏，只考虑如果带它们回家的话，哪一个放在女儿的床头好，哪一个放在钢琴上好。居然还挑起了食品，心中琢磨，应该放在冰箱的哪一层里。

休息的时候，很情愿与一位白发阿姨坐在一条长凳上。风起时，阿姨慈爱地抱住我的肩。她身上的气息让我难以抗拒，忽然间，就想拥进她怀里打个盹儿。她身上的气息像妈妈，像极了。

一个异域洋娃娃滚着皮球来到我身边，要我与她一起玩皮球，忽觉好温馨，真的好想抱抱她，亲亲她……我想起了女儿。

旅途小札（三）

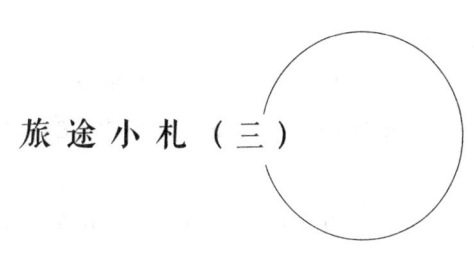

初来乍到

在赴埃及之前，为了不至于没有任何概念地在异国他乡乱闯惹祸出洋相，查阅了大量的资料：历史、名胜、文物、风俗人情、经济状况、宗教信仰。但到达开罗之后，身处异域的感觉还是相当突出。首先出乎意料的是开罗机场的简陋。这个阿拉伯国家的文化中心，土地面积近于北京三倍的国际大都市，机场还在使用露天登机旋梯。入关大厅里，还有裸露的水泥墙壁，铺低档的地板砖。即使是贴了瓷片的墙壁上，也处处蒙尘。大厅内空气混浊。

由于紧邻中东，埃及的入关安全检查特别严格，有三四道正规的关卡，还可能随时遇到临时盘问。其他方面的管理倒是比较松懈，比如随机行李提取，任你怎么找怎么离开，始终没人过问。所以，开始的几天，无论是乘车还是乘坐飞机，我都格外担心随身行李的安全。如果有人浑水摸鱼钻空子偷盗的话一准儿会成功。但是埃及导游否定了这种担心，他说他带了八年团，还从没有游客在托运中丢过箱子。

顺着话题也就提到了埃及的治安问题，这个也是我们最关心的问题之一。导游认真地回答我们，说埃及政府最头痛的是恐怖分子的干扰和少数的极端分子，虽然很少发生，但是埃及的各种安检还是很严格。近两年政府的移民政策也相对严了，在过去，向埃及政府申请定居的外国人基本上都可以获准。而且只要加入埃及国籍，不需办理户口证明，在埃及，住到哪个城市就算哪个城市人口。

谁知第二天，"很少发生"的事情就发生了。我们在惊恐中虽然受到了埃及警方呵护般的保护，但后来的几天里还是心有余悸。

早上起来的时候，宾馆的走廊里居然走动着身穿白色警服、头戴黑色贝雷帽、斜挎着微型冲锋枪的埃及警察，他们讲着很标准的英语，礼貌地护送每一批客人下电梯就餐。到大厅一看，更是气氛紧张，餐厅、游泳池、宾馆门口都有警察把守。试探着问其原因，警察和宾馆工作人员并不回答，只是请我们做好配合，遵守秩序，更觉得神秘和恐怖了。疑虑重重的时候，收到了国内朋友的信息，说早上从国际新闻中看到埃及极端分子袭击外国游客事件，问我是否平安。心中一阵紧张，不过再看看身边有这么多警察，也就慢慢踏实了。

终于明白了埃及政府的苦心和警察先生们的辛苦。

导游阿里向大家做了解释，他说早上开罗广场出了一点事情：三个失业工人报复社会，欲袭击外国游客，制造混乱。但此事并不严重，已被平息。为了外国游客的安全，在没有抓到罪犯之前，警察会把大家保护起来。他再次强调，这种情况并不经常发生。

九点钟警戒解除，一切恢复正常。我们按行程计划前往埃及的"避暑山庄"亚历山大市。金字塔大街上阳光灿烂，开罗市区气温22摄氏度，算是一个宜人的好天气。

埃及女人

埃及女人的地位，还笼罩在埃及传统习俗浓重的影子里。在公众能够接触到的行业里，很少能看到女人从业。包括机场、商店、餐馆、小贩、导游、博物馆的讲解员等，都是如此。偶尔在某个餐馆收银台的角落里会发现一位女老板，也是毫无女人感觉的老妪，而且长纱遮面，眼神羞怯，不随意微笑或与人交谈。

在埃及的大学校园里，年轻的女大学生也很少穿时装。女生几乎无一例外全是传统服饰：宽大的袍子长至脚跟，长纱从头顶缠至下颌长长地披在肩后，只露一张脸（而家庭妇女则是只露眼睛，出门还要戴墨镜）。即使是女人多看她们一眼，她们也会低着头快步躲开。在亚历山大大学校园的草坪上，几个长袍鲜艳的漂亮女生在交流着什么，我想用摄像机偷拍她们，刚把摄像机举起来，还没调好距离，二十米外的她们马上散开走掉，而且个个举着纤手挡住脸庞。

我们曾在尼罗河游船上观看了埃及的传统节目肚皮舞，这是古埃及的宫廷艳舞。表演者只穿比基尼和长裙，而且在裸露的肥嘟嘟的肚皮、腰部等性感部位挂着诱人的饰物。很难想象那颤动的肚皮、妖媚的眼神与埃及女人的长袍面纱在同一个国度里源远流长，与二十一世纪大学校园里这些面对摄像机落荒而逃的女孩们同样受着尼罗河的滋养和当今文明的浸润。

导游阿里先生在中国待过几年，算是一个思想比较解放的埃及男人，在去参观一个景点的时候，他居然带着他新婚不久的妻子与我们同行。他说她二十二岁，正在读研究生，星期天带她出来放放风。我们立刻鼓掌，让阿里介绍他们的恋爱经过。阿里倒是坦率，说他们其实是青梅竹马，他的父亲和她的父亲是至交，他五六岁的时候就认识她，亲事也是小时候就说定的，只是没有谈恋爱。从小到大到结婚，他一共见过她五六次，小时候见过两次，十几岁订下婚事的时候见过两次，二十二岁的时候见到她，看她真是长大了，该娶她了，就送去聘礼，娶过来了。我们听着都觉得有点眩惑，像听了一个遥远的童话故事。但阿里却认真地说，都是真的，现在都结婚两个多月了，还是有点陌生呢。

回头去看阿里的妻子，她依然低着头，淡蓝色的长袍，淡蓝色的头纱，右鬓角上的一枚蓝色镶钻别针，把头纱扎得紧紧的。

阿里说大家不要看她了，她不懂汉语，不知我现在在说什么，如果她能听懂，会把她羞死的。

阿拉伯风味餐

阿里很慷慨地带我们去开罗市郊的一个小村子里吃阿拉伯风味餐。

餐馆坐落在小村深处的一个农家小院里，类似我们中国有些风景区近几年兴起的农家饭庄，一顿饭每人三十五美金的费用。环境不错，自然朴实，地道的埃及风情：门口有乐队迎接，几个毫不装饰的村民把阿拉伯鼓敲得震天响；服务生没有统一服装，后厨烙饼的师傅全是本地的村妇；各种餐饮用品很随意，并不像城市餐馆一样讲究；餐桌设在院子里的绿藤棚架下，脚下是茸茸的草地，四周有高大的椰枣林，吃阿拉伯饼，享受自然风光，还可以和那些来看热闹的本地村民们聊天。

阿拉伯风味餐最具风味特色的是阿拉伯大饼。它有点像中国的白吉饼，面软，饼薄，夹在上下两层的大火灶里烘烤，瞬间即熟。而且表面不起烙花，可均匀地揭为两层，蘸了芝麻酱和开胃菜一起吃，又软又香又筋又有麦子的清香味儿。

刚把饼拿到手里，阿里便很热心地跑过来教我们如何吃饼。他说埃及人很讲究吃饼的方法和姿势，端坐，左手拿饼，右手用中指和食指掐上一小块蘸酱，手指翘得像中国古代美女的兰花指。不知道阿里是不是在戏弄我们，总之，大家认真地跟他学起来。

正餐大多是烧烤类的，比较粗放，每块肉都有二两重，吃不起，悄悄躲开。

偷偷溜进后厨，去看厨娘们烙饼，倒是一道不错的风景。一共有三个女人在做饼，一个负责擀，一个负责烙，一个负责数数儿、记账。擀饼的女人盘腿坐在地上，宽大的深蓝色长袍像一堆落满柴灰的破布团塞在身下，乍一看去，她不时晃动的上半身像是镶嵌在一个破布加柴灰做成的底座上。面板就放在她肥壮的两腿上。看到我进来，她友好地朝我微笑，用手势表示她愿意教我做饼。

我兴奋地连忙道谢，迫不及待地伸出手去抓面团。折腾了好一阵子，饼没做成，面团竟然粘在手上拽不下来，惹得三个厨娘一起帮忙。

要走的时候，三个厨娘一齐伸出了手，齐声说："小费，小费。"恍然大悟，赶忙掏出十五镑埃币做小费。

三个女人几乎是用同样的动作将埃币迅速塞进围裙，一秒钟之后又一起将手伸出来："美金，美金。"我哭笑不得，天哪，小费还非要美金，而且又不拒绝我的埃镑。我拔腿想逃，却不知身后什么时候又多了一个小天使——一个四五岁的埃及小女孩，伸出她满是柴灰的小手抱住我的腿，跟厨娘一起有节奏地喊："美金，美金。"

天哪，又多了一只手，虽然是一只小手，但美金是不能少了她的。我赶紧掏出四元美金，笑着逃了。厨娘们倒是从容，一齐向我喊再见。

古香精，草纸画

香精和草纸画是埃及的两大特产，与金字塔和埃及艳后齐名，闻名世界。香精制造工艺早在5000年前就非常发达了。参观埃及博物馆的时候，我们就看到了4800年前制作香精的工具。它们像中国古代的石磨，将花磨成浆挤出汁液，密封在瓮状容器里，埋在地下蒸发掉水分。香精透明、黏稠、香味浓郁但不易蒸发，滴在水里会缓缓下沉。中国古代商人通过丝绸之路万里迢迢带回的最为贵重的商品之一就是古埃及的香精。

在开罗以及其他景区，香精商店很多，售卖的香精依然是传统方法制作的，价格比法国香水便宜许多，只是包装简陋，千篇一律的白色透明玻璃瓶，大小不一，像医用盐水瓶子。店里也有制作精美的微型香水瓶、薰香灯出售，但都是单卖，价格昂贵。

阿里带我们去了开罗一家有名的香精店，店里的香精品种达

60种之多。店老板30多岁，风度潇洒，很善经营，拿冰淇淋、可乐、咖啡招待我们。他用流利的英语向我们介绍埃及香精的源远流长、制作工艺，还满是真诚地说，其实作为埃及人和香精经营者，他很感激中国，是中国的丝绸之路最早把埃及香精带向世界东方的。

心中一阵感慨，有人说因特网把世界变成了地球村，而发达的交通工具却实现了我们的许多梦想，真实地缩短了世界的距离。十个小时的空中飞行就让我们轻易地跨越千山万水，欣赏丝绸之路的珍品，真觉得亦真亦梦，恍若隔世。

草纸画的制作历史也有五千年以上，原料是纸莎草。草纸画的制作方法曾经失传一千多年，埃及首任驻华大使哈桑·拉贾布博士于近年重新发现了草纸造纸工艺，并于1984年在开罗市内尼罗河的一个小岛上集资修建了传统方法制造草纸和绘制草纸画的作坊，恢复了这一古老的艺术。

在草纸画商店里，我们看到了草纸画传统的制作流程：将纸莎草（像台湾竹）长长的茎在水中浸泡两到三天，用刀劈成薄片，经纬交叉贴在一起，然后放在铁板下挤出水分，晾干后便可以作画。柔韧度极好。在埃及博物馆里看到的出土的4800年前的草纸画依然完好，色泽鲜艳。

草纸画的构图还是传统风格，大多画的是历史故事、神话传说以及埃及托勒密王朝的各位法老画像。作画手法使用简笔线条，简单形象。其色彩多为深沉古老的深褐色和鲜艳的天蓝色，饰以闪亮的金、银粉，突出渲染古埃及的神秘。

古草纸画的色彩至今依然是个谜。草纸画保持几千年不褪色不氧化，与木乃伊一样无法解释。也有资料说是在着色之后涂了蛋清，起了防护作用，但并不科学，蛋清作为纯粹的蛋白质，远不至于这么坚固。

阿里提醒我们街头那些便宜的草纸画是用香蕉叶子做的。真正的草纸画价格不菲，巴掌大的一幅无名作者的画就在十美金以上。

饱了眼福,没有购买力望画兴叹的时候,发现草纸画书签倒是可以圆梦,一美金一枚,十美金便买了长长的一串,精巧古朴。将这古老的文明置于墨香之间,岂不更妙?

走过金字塔

到达开罗郊区吉萨金字塔景区的时候,停车场已经爆满,但宏伟高大的金字塔下面,纷至沓来的游人却显得零散而渺小,像谁随意抓了一把沙子撒了开去。

第一次知道金字塔,是在历史课本上。课本中除了文字讲述胡夫金字塔建于公元前2690年左右,高146.5米,塔身由260万块石头砌成,造型宏伟、数据精确、涉及科学原理多之外,还有一幅黑白简易插图描绘了当年建造金字塔时的恢宏场景。记得当时我不相信会有这样神秘的建筑,用三角尺仔细测量图上的金字塔和那些小如蝼蚁的建造者的比例。

当我真正地站立在这座古老的建筑物脚下的时候,不得不仰望它,它的第一层石基就和我的身高一样高。它的高大让人没有了感慨的能力,除了联想到咒语、外星人的神秘传说之外,没有想象的余地。

阿里始终不主张我们参观胡夫金字塔的内部通道,而且真诚地说是对我们负责,负什么责却又没讲清楚。阿里的坚持使我们联想到了许多关于胡夫金字塔(金字塔中最大的一座,胡夫是古埃及第四王朝的法老,传说中的太阳神)的神秘传说,比如说第一批进入金字塔的十一位科学家在两年之内全部死去等等,无形中也让我们望而却步。

我们参观的第二座金字塔是胡夫的儿子哈佛拉法老的陵墓,建于公元前2650年,比胡夫金字塔低3米,但在建筑形式上更加完美壮观。在这里,我们如愿以偿参观了内部的一个墓室,面积有五六平方米大小，内有一石棺，被盗过，棺内空空如也。通往墓室的路是一条斜坡通道，宽度可容并肩两人，高不足一米，只能蹲着一点一点往里挪，坡度先下后上，成三角状。石质细腻，呈乳黄色。没有明显的通风设施，墓室内空气稀薄，呼吸困难。

距第二座金字塔 200 米的狮身人面像以及神庙是它的附属建筑。据说狮身人面像的面部是参照金字塔的主人哈佛拉雕刻的。高 22 米，长 57 米，一只耳朵就有 2 米高。整个雕像除狮爪外，全部由一块天然岩石雕成。虽然由于石质疏松，且经历了 4000 多年的岁月，整个雕像风化严重，但它依然壮观得令人叹为观止，在阳光下熠熠闪光。庙宇是为法老制作木乃伊的地方，地下有通往金字塔的秘密通道。庙内相对分布着两排面积极小的房间，没有前墙，中间隔着一条露天走廊。制作木乃伊的石头手术台现存于埃及国家博物馆，明显留有当年的遗迹：一层黑色的看似油脂的东西。庙宇的墙体、石柱所用石质与金字塔墓室一样，呈淡黄色，光滑、细腻，工艺精湛，所有石料连接处均不见缝隙。

后来有一件事使我们颇为意外，那就是在埃及博物馆看到的唯一的一座胡夫的雕像，只有七厘米高，在所有的雕像中是最小的一个。拥有世界上最大的陵墓，却留下了最小的雕像，莫非是以此启示生命的短暂，死亡的永恒？

天涯若比邻

在埃及的第四天，我们去逛了位于开罗市老城区有几十条小街巷、几千家个体小店的汗·哈利里市场。经阿里介绍，这里的许多店铺可追溯到公元 14 世纪，由于从不曾改建，市场道路狭窄，店铺拥挤，商品却非常齐全，有点像中国的汉正街和洛阳关林市场。

初到埃及时那种陌生和紧张已经没有了，能操着半生不熟的英语从容地与老板杀价，与当地人聊天，甚至开一些善意的玩笑，比如告诫热心为我们当向导的阿里：不许拿我们的回扣，不然的话你会娶不到四个漂亮妻子的（埃及男人合法的妻子是四个）。

阿里也能准确地叫出我们的名字了，叫我的时候，还去掉姓氏，听起来相当亲切。

我在一个只能容得下两三个顾客的店铺里买了一条埃及女人头纱，淡蓝色，带着水色的花纹。店主是个五六十岁的老人，他问我来自哪里。没等我回答，他就猜了起来：菲律宾？日本？

我说是中国人。他摇摇头说不相信，要我把墨镜摘下来看我的眼睛。

当我摘下墨镜朝他扮个鬼脸的时候，他突然像遇到亲人一样，有限的英语词汇已经不够用了，叽里呱啦地讲起了埃及话，挥舞着胳膊掂掂他的衬衣，又指指脚上的袜子。看我不明白，他有了灵感似的从衣袋里掏出手机给我看，我才恍然大悟，原来他所用的都是中国商品。中国商品在埃及的确有着不小的市场，我到埃及后需要买一个欧式转换插头，老板拿出了三种不同的品牌让我挑，居然有两种是中国生产的。

这位穿着中国衬衣的老板热情地帮我扎头巾，笨手笨脚颠来倒去瞎折腾了半天，竟然把我打扮成了一个阿拉伯商人的模样，惹得周围的埃及妇女掩嘴偷笑。

天涯若比邻啊。晚餐的时候，我们遇到了中餐馆唯一的一个女服务生。她是中国女孩子，说本来是外出留学，在亚历山大大学认识了她的埃及丈夫，人很优秀，就嫁给他了。本该是入乡随俗的，但是丈夫很体谅她，尊重中国的习惯，让她出来工作。她说现在挺习惯的，电话很方便，基本上每周都与妈妈通话。说话间虽然泪光点点，也还是带着幸福的微笑的。

后 记

　　李佩甫老师给我写的序言题目是"有翅膀的文字",这真让我惊喜,暗合了我内心对文字的感觉和认知。文字,从我第一次自觉地在日记本上写字开始,它便是生长着五彩翅膀的精灵,会轻盈地起舞,会带我飞翔。所以,每次写出一篇自己感觉不错的文章,都会感觉幸福、舒展、满足……几乎可以用所有美妙的词汇来形容自己的心情。

　　在写作上,我追求唯美,并且不安分。苛求文字,跃跃欲试,怀揣求变的梦想。这样的追求就像是挑着针尖儿在麦芒上绣花,注定局限。翻看这本文集的时候就会发现,从文章选题到语言风格,到结构和思想观点,一直有着各种不同的尝试。但不是有梦想有勇气就一定能成功。现在看来,整本集子像个杂货铺,有针线纽扣衣服布匹,也有粗制蹩脚的电器,从语言到文风都不统一,甚至不像出自同一个作者之手。这种结果真的让我啼笑皆非,甚至沮丧。就像一个自己十月怀胎、挖空心思给了种种胎教的婴儿呱呱坠地,他的长相哭声都不是我盼望的那么美好。我早期的语言追求是轻盈诗化,尽管没有做到尽善尽美,但基本上能够较为顺畅地表达。但在我不安分的尝试中,语言、文风都发生了较大的变化,有些篇目语言粗粝得让我自己都感到陌生,如《焦渴的午后以及夜晚》。种种不安分的尝试,其实很多都是失败的,通过这本集子中各异的文章,会看到自己整个写作状态的不安与躁动,会看到各种尝试的慌乱与不断寻找新出口的痕迹,几乎到了莽撞的地步。文海茫茫,现今是一个百花齐放的时代,今天的散文,想写好,不易,想突破,更难。我不知道哪种尝试会更长久些,我要的那个方向和那个自己想要的路径出口到底在哪里？有一位编辑老师评价我的文章说，苍凉，但有阳光。她的这句话对我是极大的安慰也是光明的引领。无论如何，感受阳光，呈现阳光，是件美好的事情，需要真诚的力量。所以，我努力，至少，要努力让文字温暖，让阳光照耀大地。

　　写散文已经超过十个年头了。很明白，我已不再年轻。或者说，是正在老去。对文字的各种不安分和莽撞的尝试，让我不停地回到原点重新出发。所以，无论哪个出口我都依然处于学步状态，青涩、幼稚，或者说"小什么"都可以。不知道这种年龄、这种状态是否被世人取笑，但因为对文字的挚爱，我依然坚持。到现在为止，我最快乐的事还是写出一篇自己满意的文章，甚至一个美妙的段落抑或一个闪光的句子都会让我情绪甜蜜而激昂。我不愿意做复制性写作，永远不愿。我也明白，作为一个已经不再年轻的写作者，这种不安分的写作个性是多大的缺陷和冒险，是多大的不完整不成熟，是多么的不合时宜。但是我相信，它的后面是一条很长的路，是一个辽远的空间。清醒地行走于这个不完整的空间里，也许某一天，会云开雾散，别有洞天，会豁然开朗，春华秋实。这便是希望。

　　这本集子的出版得到很多老师、朋友的支持和关怀。这些老师和朋友们数年如一日地给过我许多真诚的帮助，他们的帮助和鼓励是我写下去的无可替代的力量，我一如既往，心存感激。特别让我感动的是，李佩甫老师在百忙中为我作序，编辑老师刘美华、杨林洁二位女士一遍又一遍帮我校对文稿，诗人简单先生在组稿和出版方面给予悉心指导，特别致谢！

杨伟利
2019 年 6 月 17 日

附 录

诚则明矣，明则诚矣

杨稼生

初无定质，闲闲地说来。言辞之将尽，又柳暗花明，水出峡谷……

命意，属辞，密实无痕。一丘一壑，风景可人，俨然人工修造，然而又确实是自然天成。

如风系影，一个眼神，一声轻唤，便见好风洒洒如阳光，阳光脉脉如叙话，淡淡平常事，却通了人心。

以上是伟利散文给人的阅读体验。作家元平英说伟利"为生命感动，用才情写作"，诚哉知音者言！伟利对天地有一种天生的亲和力。亲和力正是那些穷其一生也写不出好作品的作家所缺少的。亲和力与伟利是血缘关系吧？亲和力使伟利身之所容、目之所瞩、意之所游皆成文章。亲和力高贵，伟利自珍！

一

心念农桑，心念村俗，伟利是在农耕文化中长大的。幼年遭遇家庭变故，依偎在外婆膝下。外婆也穷，伟利过早知道日子艰难。帮外婆拾柴火、挖野菜，到建筑工地背砖，十几岁携幼弟卖小吃。贫穷困顿，她必须面对，也必须认真阅读命运。阅读中，心灵便产生了应对。以歌唱代替眼泪，以扎头发的皮筋弹拨出她梦里的琴声。给人家背砖实在坚持不下去的时候，就在心里唱歌：年轻人呀……咬紧牙关，再多背几块。伟利是个唯美主义者：道不远人，美也不远人，原汁原味就在她的心灵上。她清醒地意识到：我还有灵魂，我的灵魂不该陪着我的肌体一起受罪，就在心里默默唱起歌来。她常常自问：歌声是与生俱来长在我的身体里吗？是这样；人，本该这样。于是，她的灵魂在苦难中得到超度；于是，她成为一个作家。她今天的写作，是她在苦难中唱歌、弹皮筋的延续，没有走调。

伟利潜意识里差不多会以卑微者自认的。今天我们已到了卑微者和卑微者相亲的年代了。卑微者和卑微者是体贴入微的。把伟利这段"乡居"文字抄在下面吧。

很大一个院落，房东姓刘，主房是六间灰砖青瓦，东厢房是三间水泥平顶小房。院内阳光充裕，绿荫厚实，两棵高大的白杨，一个玲珑的小花池，六畦菜地有模有样，绿油油的小葱长势甚旺。正是春夏交替时节，院子周围的四五棵桃梨树，花褪残红，青杏尚小，青砖灰瓦檐下，燕子飞绕。房东刘嫂极为爽快，只两三句话，租房事宜便成交：

有空房吗？

有。是厢房。一间一百。

八十吧！

咋不行！

我交钱，刘嫂说先拿着吧。黑红的脸膛上便多了一层红云。目光有些躲闪，有什么亏心事愧对我似的。她的表情让我忽觉春光更好，看来，她还不善提钱，提钱就脸红。心，就此拆掉了第一层篱笆。

午饭过后，我如期搬入。刘嫂打了电话让丈夫、儿子都回来帮我"搬家"。四五个邻居小伙子、小媳妇儿也过来帮忙。可是我的家当着实让人见笑：一床被子，一个箱子，一只脸盆，一个电磁炉，两口锅，几只碗，几双筷。差不多每人一件也就搬完了。

笑声就此开始，小媳妇儿们开始叽叽喳喳地搭话：你们老家是不是有山？山与我们这儿不一样，都是平顶？听说你在这里只住两个月，为啥不多住些时日？我甚是惊叹：一是惊叹刘嫂人缘好，招一个租房邻居竟然惊动半个村子；二是惊叹这里的消息流转速度之快，一顿饭工夫，我与刘嫂仅此一点交流内容，竟然无一遗漏尽人皆知了。

搬完了东西，帮我摆放好，几个小媳妇儿就帮我铺床，将被子拉得平平整整，还不时地耳语一阵，笑一阵。不知道她们笑什么，她们是否想起了为迎接哪一个新娘子铺喜床的事？这么说来，迎来一户租房邻居，也是一件喜事？突觉一缕喜庆之气缭绕小屋，心中便多情地生出一丝新人落户的羞涩感。

刘嫂倒是腼腆，好像一直没露面，晚饭时分来敲门，送来一沓烙饼，我不好意思地道谢。她说，吃吧。我又说不好意思。她又说，吃吧。饼还是热的，想来，她半天没露面，是躲在灶间烙饼了。

不言而信，不化而行。这种窖藏陈酒般的民风是农耕文明积淀下来的，不是什么主义推行出来的。葛天氏、无怀氏之民风也不过是世风日下时理想主义者的画饼充饥，桃花源乃秦政化外之乡，陶渊明望梅止渴而已。而伟利这段乡居实录却是身受的。在人欲涌动、道德价值快速流失的当下，此间着实是一方诺亚方舟。敝帚享之千金，伟利为其立下文字，祈祷她不朽。

能不朽吗？

日出而作日入而息，农民从不把自身的力气计入农业成本。农业，一直成本高收获低。即便是今日他们也不习惯把种田经济核算列入思维程序。这不是愚，是天良。

农耕文明，是我们这个民族在悠久的历史中所建立起的完整文化体系，最好的人文教堂。伟利在不少篇章中就触及了这个大题目。这种文章大气。一个知道农村知道农民的人，说话做事，心中就像有了一杆秤。

民心是和谐社会的基因。

民气与国运有因果关系。

农耕文明消失了，大家一色的满面风尘，一色的满腹加减乘除，一色的满世界水精猴子。这世界成什么样子？日子，咋过？

农耕文明会不会消失？伟利文章中似有隐忧。《一抹田园》中，那位浓妆艳抹、珠光宝气，靠行贿发财，行将成为权力者的同盟的农妇，朴实敦厚在她身上已荡然无存了，代之以暴发户的虚矫、浅薄、贪婪和脂粉气息。

当下，朝圣般的狂欢者，扛着奢靡，扛着什么什么新"花样"，一路吆喝，去覆盖农村；让并不狂欢的农民跟着一起狂欢，邪恶也成为"策划"煞有介事地去改造农村，把《苇子园》村上天人合一的农耕文明"策划"成为往事了。《茶庵》，顾名思义，是这个村庄曾有过为过路人"舍茶"的历史。"山民自发的便民形式是很普遍的。用茅草搭个庵棚，在棚下放上一张简陋的小桌石凳，桌上放上一壶凉茶、一把芭蕉扇，让远行路过的客人歇歇脚，喝口水。"舍茶，这种事已经没有了。并且，"当我从电脑上打出'舍茶'这个词时，立刻被自动校对系统提示画了绿线。电脑不懂这个古老的词汇"。呜呼，伟利这组对"风景区里的小村庄"的颂辞，已成为农耕文明的悼词了。

二

黄昏、杀戮、狂欢、开发四个词，组成了《黄昏的杀戮》。此文开头的画面是：一个壮汉开着一辆农用三轮，一路高歌，一路疯跑，开向一个新开发的山村。车上一只挨着一只摆放着捆得结实显得安详的小羊，小羊一脸善良，一脸茫然，不知自己进山是看风景的，还是为看风景的人助兴的。山村灰白的水泥场地上放满了花花绿绿的水桶，扯上了鲜艳的塑料管子。衣香鬓影，小车闪亮，一群村妞浓妆艳抹，露着肚脐，在狂欢蜂拥的人群中走动。山民很自豪地说要在这里开发泼水节。泼水节之所以称"开发"，是因为此地自古没有泼水民俗。所以，连同傣族服饰和泼水节民俗都是从数千里之外进口的。啊，天高皇帝远，此地远离伦常，那就狂欢吧！山村小妞尚属腼腆，寻欢者尖叫，吹起口哨。此一刻，淳朴，山景，蒸发了。一股股烤肉味夹带着黑色烟雾飘入狂欢场，水泥渣、砖渣、石渣、垃圾包围着狂欢场。垃圾堆外正在宰杀善良的小羊。狂欢和杀戮只隔一堆垃圾。远处可以看见"苍翠的山体，已被剥去大块的皮肉，泛着惨白的光，如一片裸露的白骨"。这一切，都叫"开发"。"任何一个目不识丁的老人，或是三五岁的幼儿，当他们全然不知环境、自然为何物的时候，开口便是开发，抬手朝任何一个方向一指便是开发，开发。"

"我揭发你，我批判你，我教育你"乃是散文之大忌。《黄昏的杀戮》只委婉地向穷奢者和无知者道一声"少安毋躁"。

三

道义和文章古今并重，相辅相成，互为表里。文章担当道义在任何年代都不迂腐。载道，对一些年轻女性作家，尤为可贵。伟利写出了不少关于命运特别是关于女人命运的篇章。其中，《胭脂黄昏》《白雪蝴蝶》可谓双璧。这两篇迥异于她惯常娓娓道来的笔路，像意识流，像现代诗，像现代画，展示出可意会不可言传的意象断片，让读者去组合，去思虑，似欲延揽读者共同来悟透自古迄今人们总也悟不透的命运、贵贱这些相似的谜团。

《白雪蝴蝶》是在黄昏时分，从凌乱、贫穷的柴门里看天降白雪如同蝴蝶飞舞写起的。诗意画意很有张力。不足两千字绵亘了三代人的命运轨迹，以及三代人各自的生活感受，三代人对世界不同的审美观念。在这个貌似瞬间的漫长岁月里，这个世界对她们此生的予夺似有定数。世界会给她们片刻的慈爱，诱发深藏于她们心灵深处的诗意诱，"嘴角牵起一只浅浅的酒窝"，消受这原本属于她们的美丽人生。但是，世界吝啬，很快就收回了赏赐，再次把她们抛入凌乱、困顿、烦躁和尴尬无奈中。

婚姻和命运，是没有秩序可循的。婚姻磨人，把高贵磨成平凡、平庸。这都是命运的原色，你去适应吧，哀叹几声，也罢。一个女学生，高考只差一分便与高等学府失之交臂，嫁到农村做农妇，生儿育女。用"裂着血口的粗手带着襟袖间的炊烟味道堆雪人"，教女儿学画。女儿把母亲的农妇肖像画成作品，获了奖，并因此成为美术教师。这真是幽默。

女人进入中年，萦系上一代老人，萦系下一代儿女，都是为了人生的"前车之鉴"哩。人对前车总是哀而不鉴，这是人性之弱点；所以，苦难，一辈一辈地抄袭："但我的心中永远装着一个黄昏，柴门。飘雪。简陋的晚餐。臃肿的母亲。那是一首有关女人的诗，有关女人的债，有关女人的梦。它们折磨着我。是有关所有女人的，我想我该归还这些东西。还给母亲，还给那个黄昏，也还给我自己。"这可能吗？念苦难悠悠而涕下，伟利也无助了："多好的雪啊。泪水在我脸上流动，随着漫天的蝴蝶飞舞……"

如果说《白雪蝴蝶》是诗，那么，《胭脂黄昏》就是画了。"十根手指像嫩葱"的五奶奶，如今"指关节处叠着又深又黑的褶皱，只是她的手指甲很鲜亮，特别是在胭脂花开的季节里，染得鲜红油亮，是五奶奶身上唯一美丽的色彩"。

五奶奶十六岁嫁到这个古井般的深宅。丈夫大她几十岁。下了轿，脱去红嫁衣，丈夫公婆只准她穿黑色衣服。三年后丈夫过世，她十九岁守寡至今六十年，也就一直习惯穿黑色衣服。支撑她生命的，是她每个傍晚采摘十朵胭脂花把十指染得红亮，从"嫩葱"染到"枯枝"。这是一星儿可怜的慰藉，燃烧着生存的欲望。伟利有这样的文字记述："她将那十个鲜红的手指甲伸到我的眼前。

它们紧紧地攒在一起,像一堆小火苗,在她黑衣黑裤一片黑色的背景上燃烧。而她那双枯枝般的手指,却不住颤抖。"凄美的肖像,六十年花季仍在。

命运,是一连串的不确定,一连串的残缺。女人,间或也包括男人,在婚姻上,一上场就是一个输家。五奶奶的悲剧当下不可能有了。但其"修订版本"保不住还会有,并且由顺从变为情愿。

四

伟利语言缜密、饱满、练达,曲折而有秩序,并深达物理,又超然象外,是一种富贵相,其升腾空间辽阔,可以神往。

文学多半是靠联想富裕起来的。读读类似《磷,我体内的一种微量元素》的文章吧。迁想之妙得,超常之睿智,一股股儿涌动,往复回还,使得文章气象万千。

联想端赖情感,端赖知识。若感情一片荒漠,知识一副穷相,那就只能去风花雪月了。

本文标题出自《中庸》。全文是:"自诚明,谓之性;自明诚,谓之教;诚则明矣,明则诚矣。"这是说由于内心诚实而明察事理,这就叫作天赋的本性;由于明察事理而达到内心诚实,这就叫作后天的教育感化。凡心诚实了,就能明察事理,而明察事理也同样能够做到内心诚实。若把"教"改为"学",就大体上描出了伟利以初中文化成为一个作家的心路历程了。

用生命感动，用才情写作
——杨伟利散文作品一议

元平英

一个人用什么写作至关重要，在散文界，有知识写作，有思想写作，有"词汇"写作，有情绪写作……而杨伟利是在用才情写作。我们这么说，不是说杨伟利没有知识，没有思想，而是说知识在她的才情面前黯然失色，思想被她的才情覆盖。

长久以来，人们评论女性作者时"标准"忽高忽低，忽左忽右：要么像哄小孩一样，写得并不怎么样却给予廉价的赞美；要么非常苛刻，写得非常好了还要吹毛求疵；要么"画地为牢"，以一个女性作者的"浴罩"把女作家罩进去，没话找话、煞有介事地歌颂，其实很多词语是在贬低；要么是"夸而不夸"，说某某女作家像男人。其实，这些评论不科学。真正评论女作家，应该实行"双轨制"，即首先用男女作家的统一标准（思想、才华、情感、知识等人文指数）来评论女作家，其次根据女性特点（女性视角、感知方式、女性心理等女性独有的现象）来作一针对性的评价。

可以说，像杨伟利这样的女性作家并不多见，这也是我在认识她之前被她的作品震撼的原因。当时，我偶然看到她的散文《但愿人长久》，便打听作者是谁。在此文中，她以女性少见的悲怆口气叙述了她们一家人抢救九十六岁的外婆的故事。她的叙述不疾不徐，写出了一群生命对一个生命的依恋，我将之称为"无泪而催人泪下的叙述"："外婆住院的一个星期里，我们仿佛走过了七百年。""对外婆的挽留,不是因为我们比谁更孝顺,而是外婆微弱的生命为我们承担的太多,她承托着一个家的完整,一份丰富而浓重的亲情。有老有小,有孝敬,有疼爱,才是一个完整的家啊。从八岁那年我们姐弟三人跟随外婆生活的那一天起,外婆便是我们饱受伤害的心灵的温暖港湾,这个港湾里盛装着属于家的全部意义。外婆给予我们的一针一线、一餐一饭,尽管那么粗糙,那么简陋,却让我们感到我们弱小的生命有所依托,风雨不会把我们吞没。我每天走进家门的第一声呼唤就是'外婆',只有听到那声苍老的应答才感到家是真的存在的。外婆的声音和她的衣襟对我们来说是岁月的天堂,我们需要这个天堂,永远需要。尽管人不可能永生,但至少今天,我们真诚地留住了它。""幸福,对于一个支离破碎的家来说,是一个多么奢侈的词,对于这个家庭中的每一个成员又是多么难得的感受。但是,我们千真万确感动于我们的幸福,我们的家是最幸福的家。这一切来之不易,但又是那么自然而然,爱,弥补了所有的残缺。"她有忧伤而无悲戚,有感激而无涕零。面对这些词句,谁还能说"这只是一个女作家的声音"?无论这位作家是男是女,我们都会受到震撼,除非我们自己有一颗麻木的心灵。

其实,这种题材的作品我们见过很多。在这些作品中,大多数是一些"愧疚之作",即对故去的人、特别是有恩于自己的人的愧疚。还有一些是"感动之作",即感动于故去的人对自己的恩情。这些作品都流于"无义"和肤浅。而杨伟利的作品,无疑有着更高的人性价值和人文价值。在这篇散文中,她几乎没有具体地谈论外婆是如何呵护他们的,而是着重谈了他们姐弟对外婆的抢救。他们对外婆的抢救,并非只是出于一种报恩,而是对"岁月的天堂"的挽留。她没有反复唠叨家庭的不幸,遗憾生活的残缺,只是用无泪的诉说讲了一个平常的故事。要想成为一个成熟的人,特别是要成为一个好的作家,一定要有一个宽容的胸怀,这也是一种应有的道德修养。杨伟利也许没有意识到这一点,但她的确是宽容的。她在作品中并没有谴责造成悲剧的人,只平静地讴歌了这样一个伟大生命:这个生命本来微弱得需要别人承托,因家庭的变故她却要承托另外几个幼小的生命。人应该懂得幸福,作家更应该比常人理解幸福。因为生活的艰难,她更懂得厚度。杨伟利讴歌了这样一个家:它虽然风雨飘摇,但因为有了"外婆的声音和她的衣襟",这仍是一个幸福的家,她道出了实质:爱!她告诉我们她对爱的理解,这也应该是所有人的理解:爱使一个人的牺牲有了更高的价值,爱使生命有了更高的价值。对爱的讴歌使杨伟利的叙述超出了一般的审美价值,有了更深刻更丰富的人文价值。

　　有人说过:"生活中并不缺少美,而是缺少了发现美的眼睛。"要想作一个真正的文学家、艺术家,必须有善于发现"美"、发现"不寻常"的"第三只眼",这是先天慧眼,也要靠后天的锻炼,它是知识、思想、修养、经验、人生感悟的综合。杨伟利勤于思索,在她眼中,生活首先是有了更深刻的意义,才因之有了与众不同的美。在她的散文《西北札记》中,她眼中的兰州是别样的美:四角缀上铜铃的绣花羊毛毯子使她"觉得天地间属于自己的东西竟然这么多","有了这位固守放筏生涯的老人,我们才有幸享受这样古老的漂流"。还有:"扎根戈壁",让人多么感动的字眼啊!"现在都改革开放多少个年头了,我们的生活、人们的选择早已发生了极大的变化,又看到这样几个大字,真可谓百感交集。""我不知道这一方天地里有几个人","到底是什么事业、什么力量支撑着他们扎根戈壁"。再如:雁鸣石的传说中,"恩爱相守的雁儿与将士和睦相处","雄雁告别爱妻,独自到关外去觅食,途中被冷箭射杀。雌雁和全城的将士甚至还有正在进攻的敌军,在那一刻无一例外地听到了雄雁最后的哀鸣"。"于是,一切在瞬间静止了,敌军在一阵僵持之后慢慢地放下了武器",

"雌雁盘旋在嘉峪关凄惨地呼喊","把它的每一声呼唤都刻进了石头"。"今天,我们只留下真诚的故事和可以感天动地的爱情,把它当作天地间最圣洁、最美丽的经文,祈祷真与善,祈祷和平。"对放驼女人的描写,也让我们心动:"她们与这里的大静大美非常和谐","在今天这个到处是T恤衫、牛仔裤的时代,她们依然以长长的白纱遮面"。"是封闭?是固守?她们用留在白纱外面的那汪足以与沙漠相融的眼眸告诉我们,那是一种承担,她们肩负着古老的使命。""浩浩荡荡的驼队时时刻刻再现着当年丝绸之路的繁荣,延续着我们民族的骄傲,让我们这些炎黄子孙沉思,该怎样去传承这份值得我们骄傲的奇迹。"还用再举例吗?够了。这是一双深沉的眼睛,是一双闪烁着激情的眼睛,是一双具有历史穿透力的眼睛。她眼中的美,是一种丰富而大放异彩的美,美得让我们跟着她去感叹,去沉思,去感动。

杨伟利从不为了写作而"造文",她是有感而发,有思而写。她总是感动,她感动了才写,她甚至没发觉自己的感动。她时常感动于生命的不凡:那个在风雨中托起几个幼小生命的外婆,那个与激流搏斗的放筏老人,那些在沙漠中奉献青春的军人,那些在沙漠中与骆驼同行的放驼女人。正是这些生命,组成了生生不息的人类;正是这些生命,让人类永远傲立于世界。这些生命,无论脆弱与幼小,无论坚强与执着,都有一个共同的本质:伟大。

在时下流行的散文中,矫情是难免的。但在杨伟利的大部分散文中,我们看不到这些。她没有无病呻吟,没有刻意修饰,没有人为拔高,没有牵强附会。在近几年流行的散文中,有人像制作女装一样贴上所谓女人的感情饰物,一惊一乍,一愁一叹,一颦一笑,一嗔一喜,好像没有这些就没有特点了。其实这正说明有些作者是在拿所谓的"特点"掩盖思想的贫乏,拿绮靡的语言掩盖感情的苍白。希望杨伟利能固守自己,继续保持今天这种大气、深沉的特点,以保持自己较强的创作后劲。

在许多时尚刊物特别是网络上，抒情作品言之无物，在一些散文作家特别是女性散文作家中是不鲜见的。这影响了许多本来也有一些才华的作家，使她们的作品有了一种"文化快餐"的味道，使她们的才华得到了令人遗憾的消解与流失，远离了严肃文学。我们欣喜地看到，杨伟利的作品无疑是属于严肃文学的，她在开拓并坚守自己的阵地，在这个阵地上发出自己不俗的声音。她用自己对生活的深切感受，对生活深刻的理解，用自己这支颇有分量的笔，用发自肺腑的语言，来阐述生活，描写生活，破解生活，讴歌生活。在她的笔下，生活显示出了本来就不同寻常的意义，活现了一群屹立于天地之间、真挚平凡而又崇高不凡的人。

在与杨伟利的交谈中，我们发现，她把写作看作是一件非常崇高的事，而且不讳言自己的弱点，这种写作态度在年轻作者中尤其显得可贵。我们发现，有相当一部分作者，都有着他们这一个年龄段、这一阶层或这一经历的人所特有的"集体无意识"，这会阻碍他们的脱颖而出。在伟利身上，我们看不到这种不利于成长的东西，这也说明她自身有着较强的优势。在民间还有一种说法：某些方面像异性的人聪明。换言之，一个人能挣脱性别的局限就一定有些聪明。这种说法是有一定道理的。在杨伟利身上，我们基本看不到性别给她带来了什么局限，她的思想深刻、感情深沉、语言大气等特点，都说明了这一点。这是她的幸事，这使她在前进的道路上肯定会少一些阻碍。

杨伟利眼中的生活很阳光，但这并不影响她的深刻。这是一个人达观的标志，是对生活主流的肯定。这虽然是许多散文作家的优点，但在杨伟利身上表现得更明显。在她笔下，生活没有黑暗，每个人都健康地活着，没有困惑，没有无奈，每个人的生活都很有意义。在日益增多的对生活无望的叹息声中，杨伟利的"旋律"很明媚。

想成为一个真正的作家，就要有多方面的"成熟"与"超越"，这包括思想的成熟与超越，情感的成熟与超越，道义的成熟与超越，知识的成熟与超越。我们不知道杨伟利是否想得这样复杂，但她的确有些远超年龄的成熟与超越。她虽然只有三十多岁，但她对自身生活的理解，对更广阔意义上的生活的理解，对人性的观察，对社会的观察与思考，都证明了这一点。杨伟利无疑是有才华的，而且她的才华有深沉的感情作底蕴，这样才使她的才华得到了全面的展现，显出了别样的光彩。这样的写作是真正的才情写作。

诠释女人的美丽与神秘

戴月芳

《花祭》，是我在一本杂志上读到的文章。

当我看到"花祭"这个标题时，它如一个少女倚"门"观望我，有一种好奇，还有一种猜想。我看着它，也在猜想。我猜"屋里"一定封存了青春少女懵懂的情感故事。我对这些我拟想的内容不感兴趣，打算翻过这一页。

就在我打算翻书的那一刻，一行字如磁铁般吸引我的眼球："暑天的高温蒸发了我身上残存的淘气，我安静地午睡。"紧接着："我淡蓝色的床单清洁素雅，散发着淡淡的霉味儿，是那座瓦屋的体香。"这些诗意、灵动、优美的语言散发着诱人的气息。我渴望与这样的文字相遇。字字句句如鲜活的血液，注入一个失血过多的患者的体内。字句牵引着我的心，就像一只温暖的手，在冬夜里牵着我，穿马路，走长街。

谁会拒绝一个牵着你走而又和你谈心的人，作者的文字就这样牵着我的手，和我谈心："一股鲜红的液体快速穿过我单薄的夏衣，在那条素洁的淡蓝色床单上洇染出一朵绚丽的花。花开了，我却毫无准备。""少女，干净，无色，如一张素白的纸。但梦想斑斓。微痛与色彩的到来，是礼物，略带惊喜。"它如一位久别重逢的闺蜜，激动无比地表达久别重逢的心情，如清风流云，回忆少年时代那个突如其来的贴心小灾难，竭力掩饰着羞涩、惊慌、神秘小心思，让我这个倾听者感动无比。而这些潜移默化的语言，让我听到了花开的声音，眼前朵朵芙蓉走在碧波上，婉约、清丽、优雅还带着淡淡的芳香，融进粉红色的回忆，展开了含苞待放的梦。

对于女性这一生理现象，从古到今，不管朝代怎么变更，不管时代怎么发展，大家都在回避这些敏感的话题。有时候几个女性朋友聚在一起，聊到这个课题的时候，还有些羞涩。回忆中学时代，这种生理现象在课本里成为一个公开课题，或男或女的年轻生理老师走进课堂，很低调地用"阅读理解"四字上完一节课。然后坐在最后一排看书。同学们低着头，至于干些什么和想些什么，只有自己知道。记得我的生理老师给我们上课的时候不一样，他是个五六十岁的老头，他把女孩的青春初潮就当作生理现象，别无其他。他大声地在课堂上讲着，将课题里有关的名词解释得细腻响亮。亦不管讲台下女生们那一张张深埋于课桌下羞得如熟透的高粱一样的脸，更不管男生不怀好意的偷笑和窃窃私语。我想，如果在中学，有人用这样含蓄、优美、纯洁的语言给大家上一课，那会是一件多么美好而又温馨的记忆。相信这些文字，也会让那羞涩、懵懂的少女情怀绽开花的美丽。

女孩"身体却是一个血肉宇宙，包含着太多的秘密。她内藏着精灵一样的花朵、柔韧的温床和生命色泽……她的丰富与神圣，注定她的私密性质，只能秘密地呵护和供养，不可外露给谁"。这朵花的圣洁招来了许多诡异的传说。不同版本的鬼魅故事，更增加了许多神秘色彩。于是老人说，女人的这朵花，白天见不得人，夜晚见不得天。正是这种无法诠释的神秘，让女人有水晶的透明、玉的温润、钻石的闪亮。"它像一枚小小的勋章，注明女人的品牌。"这样的句子使人眼前一亮，让人想停下来。停下来不是累了要休息，是想停在这样的语言里回味和思考。女人的生命是藤，藤上开满了鲜花，一路延伸，一路芬芳。女人生命的光泽来自这朵花吸取阳光所储存下来的给养。女人的生命之藤从十几岁花期的初绽一直到花期的结束。文章用不同命运的女人作为代表：有精心呵护这朵圣洁女人花的"我"，有恨做女人身的同性恋者，还有就是"我"的同族嫂子。"嫂子"虽然身为女人，但上天在授予女人这一标志性的、权威性的勋章时却把她漏掉了。为此，她只能卑微地做人，生活在他人强加的痛苦与灾难中。"没有花开，注定无果。"不能生育的女人好像带着与生俱来的罪过，她一生要受尽婆婆的辱骂、丈夫的暴打和别人的轻视。伤痕累累而又无可奈何。在每个人的周围，都有这样不幸的女人，不开花不结果，受歧视、辱骂、毒打，还有的会被赶出家门。女人应有的妖娆与娇贵，女人应有的幸福与快乐，女人应得的温暖与爱护，都与之失之交臂，擦肩而过。她们被世人遗留在残缺的字眼里，象征着不完整，带着心灵与肉体的双重折磨走完孤苦无助的一生。这是不幸的女人。接着作者又写了幸运的女人花孕育另一朵花：女人注定是花。当孕期的女人与一朵花在梦里相遇的时候，预示着你今生要与这朵花相遇。这种说法并没有科学依据，也没有神话的玄虚，但只要做了母亲的人，都有过胎梦。用花讯、花蕾、花开来形容女人，这是一种绚丽、绰约、翩然、唯美的验证。

花，有开，就有落。当女人花枯萎之时，便宣判女人一生中花期的结束。即使是老了，女人仍旧如风干的带有血丝的花瓣，也会有人捧在手心将其收集。在某个午后，阳光无限破费的时刻，泡几朵花茶于杯中，带着香气升腾，带着热情升腾。花在杯中缓缓盛开，重新演绎了女人的一生。而后，就陷入万劫不复。作者因此写道："我的生命就此被抽了脂，质感流失。色泽流失。意义流失。长发，衣裙，皮肉骨骼，女人头衔，将欺骗性地搭起一座荒芜的城池。"作者在这里的语言，让我从字里行间读到了焦躁、不安、痛苦和绝望，甚至于比这些词意更高一层的深意：仿佛亲自体会了一场美丽的悲剧。鲁迅说：悲剧就是把有价值的东西毁灭给人看。每个花一样的女人，是这样被岁月一点一点地撕毁给人看。这个悲剧的剧情有可能与美丽有关,但终究逃不掉以悲剧落幕的结局。

　　夜深了,合上杂志,久久没有睡意。我依然在童话般的纯洁透明的文字之间穿梭着,感动着。我在想,作者的文学底蕴和诗意飘逸的语言表现形式,如果用笔触细腻、妙笔生辉、行云流水等词语来形容,显得俗套,有伤文风。作者的文学造诣很深,达到了匠人运斤的精湛与娴熟,用亦诗亦画、亦柔亦静、亦喜亦悲的语言诠释了女人的美丽与神秘,是文字与生命的交会,是语言与灵魂的合体。